汉水汤汤

涂玉国　著

山西出版传媒集团　北岳文艺出版社
BEIYUE LITERATURE & ART PUBLISHING HOUSE
·太原·

图书在版编目（CIP）数据

汉水汤汤 / 涂玉国著. — 太原 : 北岳文艺出版社,
2024. 3
ISBN 978-7-5378-6836-5

Ⅰ. ①汉… Ⅱ. ①涂… Ⅲ. ①诗集-中国-当代
Ⅳ. ①I227

中国国家版本馆 CIP 数据核字（2024）第 058565 号

汉水汤汤

涂玉国 / 著

//

出品人
郭文礼

项目统筹
刘文飞

责任编辑
武慧敏

装帧设计
书香力扬

印装监制
郭 勇

出版发行：山西出版传媒集团·北岳文艺出版社
地址：山西省太原市并州南路 57 号 邮编：030012
电话：0351-5628696（发行部） 0351-5628688（总编室）
传真：0351-5628680
经销商：新华书店
印刷装订：四川科德彩色数码科技有限公司

开本：880mm×1230mm 1/32
字数：174 千字
印张：9
版次：2024 年 3 月第 1 版
印次：2024 年 3 月成都第 1 次印刷
书号：ISBN 978-7-5378-6836-5
定价：58.00 元

涂玉国，笔名弄潮襄江，曾用笔名老蝉，湖北襄阳人。中国作家协会会员，襄阳市作家协会主席，《汉水》杂志社长、主编，从20世纪80年末开始文学创作，创作的小说、散文、诗歌、杂文、报告文学、评论等散见国内各大报刊，有三十余篇作品收入各类选集，多篇散文被选入全国和地方中学试卷考题。

汉水是长在身体里的根
（自序）

一

从一出生，就注定了这辈子要与汉水纠缠不清，与汉水相伴一生。这也是我写这本诗集的动因之一。作为一名写了几十年诗的人，如果不为与自己相依相伴、注定还要相依相伴下去的汉水写一本诗，似乎就无法向故乡交代，无法向汉水交代，更无法向自己交代。

我的故乡，在小清河南岸、普陀堰北边，一个叫尹坡的地方，是古驿道上的一个小小节点村庄。过去，我们到襄阳市区，大家都说“下樊城”，这大约与历史上很长时间政治中心在西安、洛阳有关，形成了“南下北上”的说法。当时，襄阳市还叫襄樊市，汉水穿城而过，将城市一分为二，南为城北为市，汉水之南叫襄城，汉水之北叫樊城，也是关羽水淹七军的地方。“樊，仲山甫所封也”，樊城因此而名，襄阳二千八百多年的建城史据此而来。

小时候，大家都说，小清河是汉水最大的一条支流。严格来说，“最大”这个词其实用得不大妥当。一条河流要么说流域面积大，要么说流径长，却都不说，只说大，就有点感性的意味在里面了。其实，走完汉江全流域后，才知道小清河是汉水最大的一条支流也不准确，丹水、唐白河、涢水都比小清河流域面积大。很多年后，我到襄阳城内工作生活，大家在说到汉江时，都说，汉江是长江最大的一条支流，而不说汉江是长江最长的一条支流或者流域面积最大的支流。也从没有人觉得不妥当。这大约与传统认知有关。几千年前的《诗经·汉广》里说：“汉之广矣，不可泳思。”古时，人们便觉汉水宽广、浩大，是一条大河，甚至在相当长的一段时间内，把汉江当成了长江源头。因此，汉江与长江、淮河、黄河并称“江淮河汉”。并且似乎只有说大，骨子里才更有自豪感，更有优越感。就像武汉的一句城市品牌宣传语说，“大城大河大武汉”。一个“大”字，内藏无限玄机。

未见到汉江前，下意识里也觉得小清河应该是汉江最大的支流。因为小清河很宽，宽到让人觉得无法渡过，最宽处有五六百米，一般也有二三百米。很长时间里，过河只能靠小船。常见的是青桐树做的小划子，两个小船舱，中间有两块木板相连，撑船的人叉着腿站在两块木板上，用长竹竿撑着过河。母亲上小学时，每天都要坐着小划子过河，有一次不知什么原因，小划子翻了，母亲掉到了水里，被救上来后，受了惊吓，再也不敢坐小划子上学了。母亲每每忆起此事，都后悔莫及地说，如果当年多上点学，人生就不一样了。小清河很神秘古怪。小清河在我记忆里从来没有干过，哪怕去年全国很多地方江河断流，小清河依旧如常。传说，与小清河里面有几处深潭有关。这几处深潭是海眼，可以直通东海，经常有龙从海眼里过来。还有人煞有介事地说，曾在小清河里看见过怪物，眼睛像灯笼，身子像牛，游起来波翻浪滚。小清河还很吓人，里面住着很多水鬼，有长发女鬼，有饿死鬼，还有水猴子，这些鬼经常出来找替死鬼，一旦找到替死鬼，就能投胎托生了。我的姑老表王志超，一个个子高高的、瘦瘦的、帅帅的小伙子，有一年夏天傍晚，撑着小船在水中的柳树林下下网捉鱼时，淹死在河中了。偶然看见的人有鼻子有眼地说，亲眼看见河里面有一个女鬼，把他拉到水里去了。从那以后，我就有点怕水，站在宽阔的小清河水边，看着清幽幽的、蓝莹莹的水都害怕，生怕里面“噗”的一声跳出一个怪物来。

虽然生长在小清河边，村庄四周遍地池塘沟渠，我却怕水。除了志超老表被淹死这件事在我心里产生阴影外，与我自己曾三次差点被淹死也有关。小学二三年级时，我和村里几个小伙伴在堰塘里玩水，因为我不会凫水，只好爬在高瓜蒲团一样的根上，结果一个小伙伴以为我会水，冷不防把我按到水里面，一下子喝了个饱，要不是被另一个小伙伴发现，恐怕就没有命了。稍长，有一年到南阳构林镇走亲戚时，要到八里外的集镇上坐慢腾腾的绿皮火车。那时候没有桥，过河到集镇要经过一道滚水坝，通常滚水坝上是没有水或者水很浅的，遇到有水时，大家都脱了鞋，在脚上缠一把稻草防滑，就从坝顶走过去了。第一次走在水泥坝顶上，起初是胆战心惊的，生怕掉下去，走着走着胆子就大了，也兴奋了，便抬着腿故意把水踩得四溅，未曾想一下子踩到光滑的苔藓，滑到水里了。幸亏旁边一个人眼尖手快，一下子扯住了我，才捡回了一条命。第三次是上初中时，学校后面有一座水库，夏天时学校时常停水停电，每次停水时，大家只好端着饭钵去水库洗。到了水边，男生往往丢下饭钵，三下五除二扒了衣服，“扑通”一声跳下水，游个痛快。因为我不会水，每次只好蹲在水边给大家洗饭钵。初三毕业前，大家都觉得平时我老是给大家洗饭钵，实在过意不去，都哄着要让我下水学游泳，好几个人都信誓旦旦地说，绝对保证我安全。我经不住劝，也有对水的渴望，就下了水，一堆人围在我旁边。起初还有人轮流着在水下顶着我，过了片刻，他们大约以为我学会了，便放松了警惕，结果我一下子就沉了下去。等到大家发现情况不对时，七手八脚把我捞起来后，我已经灌了一肚子水了。

从此以后，我再也没有下过水，并且见到水就躲得远远的。

二

躲终究是躲不开的。人类逐水而居，就注定了人这一辈子要与水打交道。就像小清河终究要汇入汉江，汉江终究要汇入长江，长江终究要汇入大海一样。

多年前，当我坐着公交车从汉江大桥上经过，第一次见到汉江时，心灵一下子就被震撼了，浩大、幽深、蜿蜒如白练的汉江是那么的美、那么的迷人，让我的心情久久激荡着。后来，我把当时的感受写在了散文《一江碧水润襄阳》中：

当公交车“哐当哐当”地行驶在厚重坚实的汉江大桥上时，桥身微微的颤动通过车厢传递到身上时，带来阵阵麻辘辘的感觉。扒开车窗，浩渺的汉江扑面而来，幽蓝静谧的水面在秋风中荡起层层波纹，发出闪亮亮的温润光泽。几只打鱼的小船错落地点缀在江中，有渔人稳当当地站在船头正在撒网，那灿灿的秋阳透过网眼闪着碎银般的光斑。有只小船的船帮上立着几只雄健的鱼鹰，一个猛子下去，嘴里便叼上一拃长的鲤鱼或鲫鱼来，那鱼尾还在嘴边挣扎着。

如玉带般穿城而过的一江碧水，她恬静温润的样子一下子就闯进了我的心中，再也没有离开。在襄阳四年学习期间，我时常在节假日漫步于浩渺的汉江边。春天，汉水轻波微漾，春风拂柳，紫燕野鸭戏于其上，让人心游天地；夏天，汉水波光粼粼，常有泳者出没其中，击浪戏水，让人羡慕不已；秋天，天光云影，水天一色，水澄如碧，顿觉心境开阔；冬天，汉水波翻浪滚，粗砺雄浑的江岸陷入沉默，动静之间尽显奥秘。无论是挫折忧郁，还是悲伤失望，只要走近汉水，看着她静流无声的样子，心就会一下子安静下来，所有的不快都会随风而去。

再后来，我终于定居于这座城市，并在汉江边购买了一套顶层的房屋，每天隔着窗户，都能看到汉江的样子。看见她，心里就会觉得特别安定，就觉得特别知足。特别是华灯初上时，站在窗户边，眺望不远处的汉江，两岸灯光瑰丽璀璨，游艇来回穿梭于水面，突然发现，我们这座城市原来是这么美这么靓，这么迷人和这么精彩，都是因为有了这条江。有了这条江，我们的生活才变得如此舒心，如此幸福。

三

因为生活在汉水边，我曾有目的或无目的地对汉水边的城市进行考察和研究，搜集整理了一些关于汉水文化的史料，并无意识或有意识地创作了一些关于汉水的诗，有汉水边的植物的，有汉水四季风景的，有汉水边城市气质的，但都不成体系，是零碎而琐屑的，像秋天散落于岸边的几片叶子而已。

对汉水成体系的思考、成体系的创作，则起源于多年前我在襄阳日报社工作时。报社创意策划的“记者走汉江大型采访活动”，让我深受启发。二〇一九年，襄阳市作协也借鉴策划了“走汉水·感悟绿色发展”大型采风活动，采取从汉水源头开始，从上游往下游行走的办法，进行全流域采风创作。

二〇二〇年秋天，一个轻风吹拂的早上，当来自襄阳全市的二十名作家集聚在汉水边的临汉门广场上，挥舞着采风的大旗时，当清晨的阳光打在我们这群已不再年轻却欢呼雀跃的作家身上时，我知道，我和汉江将发生一场深刻的关系，我的人生将有一场新的开始。

从汉水源头出发，到汉水汇入长江口，再到汉水支流唐白河源头，经过四年多时间的集中行走和我个人的单独行走，我对汉水边三省十五个地市级城市和一个省会城市进行了系统的采风，特别是对汉水文化特质、汉江沿岸城市气质，进行了梳理和探究。慢慢地，汉水的人文性格，汉水乃至水文化的精髓，在我的脑袋中开始明晰而生动起来。我知道，关于汉水的诗篇，破土而出了。

四

我从二十世纪八十年代末开始学诗，写了几十年诗，在正规刊物发表了不少诗。我也给别人讲过诗歌创作，还写过一些诗歌评论，别人在介绍我时，也往往会戴个“诗人”的帽子，由是看来，我大约也能算是个“诗人”了吧。

虽然如此，但底气却不足。一来是写了这么多年诗，却从来没有出过一本诗集。起初有一家出版社找到我，说愿意帮着出诗集，我却心高气傲，眼高手顶，有点嫌弃这家出版社小。找大出版社，却没有着落。挑着挑着，就意兴阑珊，就像一个大龄女青年，最后难以嫁人，干脆单身了。等到自费出版潮起云涌时，诗坛乱象纷纷，诗歌蒙尘，诗集已经烂大街地卖不出去，再出诗，有点自讨没趣，愈发不想出诗集。但四处行走时，总有人讨要诗集，便很尴尬。前些年，《山花》主编李寂荡到襄阳时，曾送给我一本诗集，既小又薄，一副灰头土脸的样子，与他深厚的诗歌学养大不相称。看了序言，才恍然大悟，原来，他出这本诗集，也是被人讨要没办法了，才不得已出了一本。看来，这种不得已出诗集的，不在少数。

底气不足的另一个原因，是写诗越来越迷茫。起初读诗、抄诗、背诗、模仿、创新，都是兴奋而明确的，知道诗大体是怎么一回事，写着写着就有了感觉，也发表了不少。后来，工作紧张时，诗写得少了，但诗一直在发表，自己也觉满意。再后来，却找不到感觉了。主要是发表太难了。坚持走传统写作之路，人家说你叙事痕迹太浓，没有创新意识，没有后现代气象；尝试创新，人家说你这写得不接地气；借鉴国外诗人写作，人家说你太过匠气……反正，都是你不好。但翻看那些曾经膜拜的报纸杂志上的诗，不仅各种风格的都有，更有喧嚣一时的什么垃圾派、下半身写作、口水诗以及这个体那个体之类，却堂而皇之地占据版面，不由得让人开始怀疑人生。于是便产生了困惑、困顿，产生了自我否认，自己写的到底是不是诗？甚至一度觉得自己不是写诗的料。便不再读诗、不写诗。但终究没有忍住，因为写诗已经成为习惯，成为生命中重要的组成部分，很多好句子总是不由自主地冒出来。只好接着写，也不管它能不能发，只管快乐就行。

直到几年前，在南京的一次文学论坛上，一位知名作家说，你在写作时，先不要管它是什么体裁，也不要管它写出来是个什么样子，只要感情充沛，有了写作冲动，只管写就是了。那一刻，我突然茅塞顿开，就像佛家说的顿悟。

是的，管它的，写了再说。

于是，就有了这本诗集。

2023 年 2 月 24 日

目录

CONTENTS

追溯一条河流时，我们会发现另一个自己。

——题记

序　章

"滔滔江汉，南国之纪。"
《诗经·四月》里弥漫出的一截秦风
是忧愁而感伤的，诗人的哀叹早已落幕
我们更在意的是对汉江的宏大定位
长江和汉水一握手
抱紧了中国南部的山川大地
润泽了人间无数

丈量一条河流的腰围尺寸
可以看出她的胸怀与眼界：
全长一千五百七十七公里，流域面积 17.43 万平方公里
全流域流经甘、陕、豫、川、渝、鄂 6 省 22 地市州……
干流流经陕、豫、鄂 3 省 15 个地市州和武汉
为了让这些枯燥的数据活起来，喊醒一条河流
从一个秋天开始，我开始在她的羊水里洄游
为她描摹，为她涂画，为她树碑立传
向河流感恩，向母亲感恩，向自然感恩

山一程，水一程，红叶漫卷万里风
从襄阳到汉中，六百余公里
我足足走了大半生，走了四十八年
走了一万七千多天
才回溯到自己的母体
那是我们河流的根呵
汉字的根，汉语的根，汉人的根，汉民族的根
想到此，不禁泪水盈眶
泪水盈盈。汉水汤汤。
再多的泪也不过是汉江水底的一粒沙
一沙一世界，沙子的世界再大
也装不下一条河流

从襄阳沿河溯源而上
汉江，不过是一个越收越窄的葫芦
从中国地图上看，汉江不过是一条缩小的
龙，龙头在陕西，龙尾在汉口，襄阳是龙腰
我不过是龙鳞上的一道纹路
从万米高空看，汉江不过是母亲手中的一条
丝线，密密缝出贴身的小棉袄
穿在赤裸的皮肤上时
鼓点般的心跳埋葬了
漫漫长夜

家住汉江边，日饮水一瓢
直到今天，我才沿着河流的走向
寻找出生的历史方位
这让我充满羞愧
此刻，我更愿成为一枚石头
打坐在秦岭深处的一处山洼里
听鸟鸣和风声一次次洗涤满身的尘垢
一点点帮我卸下早已遗忘的面具和俗世

此后，每天
观瀑，听禅，读书，写诗；
汲水，烧茶，看云，老去。

坐在每小时七十公里的客车中，自东往西
我想象用鼠标一拉，时间开始变慢
骑着一头瘦驴，身背诗囊
每走一里路，写一句诗
我看到自己卑微的脚步，每走一步：
土地便抬高一寸
心灵就空旷三分
天空就辽阔百丈

第一章：汉水之源——陕西汉中市

一

“嶓冢导漾，东流为汉。”
《尚书》里流淌出来的八个温润大字
穿行于莽苍苍的群山间
穿行于这道横卧在中国版图中部的山脉间
穿行于这道中国南北气候分界带的山脉间
穿行于“中华民族的祖脉”“中央水塔”间
时间静止，空间静止，思维静止
只有流水不停，她伏于“地下处而通流也”

从秦岭巴山余脉下的岘山一路拾级而上
我怀抱一尊佛，头顶一尊佛
在一道道大山的皱褶里闪转腾挪
历经九九八十一回曲折
方走进秦岭的腹地
远远地，我听到一声欢快的龙吟

一声绵绵不绝的龙吟从九霄跳下来
从林木森森的阴影里挤出来
从青苍巨石的胸膛上滑下来
呵气成云，云，缭绕在山巅
化涎成瀑，瀑，飞流在山谷
她快意的笑声，一层层地撞出更大的回音
她要这声音传递到比远处还远的地方
——大海，才是她的归宿与方向

在陕西宁强县汉江源
看着汉水最初的形态从天而降时
我发现自己日渐臃肿的身躯一点点被洗净
一点点缩小，一点点后退，一直退到深海
退到当初还在海水中努力游动的模样
宛如一个婴儿
沉潜进这汪纯净的深潭里，闭眼曲膝
我抱紧自己时仿佛回到了母体里
玉手抚过肌肤，蜻蜓轻点肌肤，小鱼亲吻肌肤。
当我赤身裸体时，对这个世界
再次充满了好奇：
远看山有色，细听水有声，还有秋叶落水的声音。
母亲的摇篮曲作为背景
一次次漫过宝石般的天空
进入身体的河流

每听一次，灵魂就净化一次
塞满欲望的躯体
被一次次洗经伐髓
我变得身轻如燕，如初生的雪白的羊羔：
眼眸如此澄明
世界如此生动

二

瀑布的另一侧，岩石静默无语
石菖蒲静默无语，野菊花静默无语
细流无声。从几十里外翻山越岭过来
从古树青苔的缝隙中钻出来
从几千米地质裂缝中喷涌出来
早已波澜不惊
修辞更是多余

这道细流更像不经意间的一撇
与千米高空俯冲而下的一捺
构建了汉江源最稳固的支撑
自此，拉开了汉江奔走的笔意

站在汉水源头，我不敢与一株水草对视
生怕惊醒了它沉默的修行
更不敢与一块水底的卵石对视

生怕打断了它日臻圆融的磨砺
此刻，我只想成为一片历经风霜的枫叶
随波逐流。
或长成一丛修竹，陪伴清谈
一如潭边那棵孤寂的红叶腺柳
你高兴我也高兴
你忧伤我也忧伤

三

当我虔诚地跪在这汪清潭边
小心地掬取一捧清水
浇灌我灰尘弥漫的身体
我听到身体深处细胞开裂的声音
就像一块石头撞进水中
一些事物突然活了过来

“水为万化之源”
“天生一，一生水，水生万物。”
李时珍说：“水，气味甘、平、无毒。”
水，不仅可以滋养性命
更可以冲刷掉我们身体里的污垢
让我们时时保持清醒和活力

四

一块两块三块，三块石头
片状的，四周棱角已被打磨光滑的
石头。它们在水中呈现出迷人的黑金般光泽
它们被小欢喜一块块打捞起来
放在手心里摩挲
一股清凉的意境从草叶上升起
亦如母亲多年前，蹲在村庄的堰塘边
搓洗我们满是泥污的衣服
把它们贴近耳边
温润的回音里散发着野菜的香气
我确信，有那么一刻我穿越回了童年

“山川土石，与人原是一体。”
每当看到这些石头，我就觉得自己和汉江源
和秦岭巴山融为了一体
能时刻听见它们的呼吸与心跳
我觉得自己就离大地近了一些，更近了一些
这样，我觉得自己的肉体与灵魂也就融为了一体

如今，这些来自汉水源头的三块石头
被小心地放置在书架上
它们的身体已失去了静卧水中的黑金般的

光泽。变得灰头土脸
这让我后悔莫及——
我不该为了自私而把它们据为己有
就像不该为了留住美而把蝴蝶制成标本
把老虎关进笼子，把路边的栀子花折下来
插进一只精美的花瓶里

——很多枯萎与凋零来自我们
以爱为名义的占有

五

“维彼汉水，其大有容。”
汉水用容纳成就了大，成就了自己

褒河、湑水河、金水河、子午河、月河、旬河
蜀河、冷水河、南沙河、牧马河、任河、岚河……
这些从秦岭南坡而下数不清的支流
一路跌跌撞撞，紧咬牙关
只为了把自己交给汉江
变成这条大河中的一朵浪花
幸亏被一道巍巍大坝劝阻
才在丹江水库里团圆
一部分北上，润泽焦渴的黄土地
一部分继续向东，那是大海的方向

这些支流的上游，还有更多数不清的
涓涓细流
“河海不择细流，故能就其深。”
我们只看到了镜子的一面，河海的胸怀
没有看到镜子的另一面，那些细小的足步
她们用滴水穿石的另一种形态
不舍昼夜地把身体交给江河湖海
交给大地和天空

“汉江滔滔出嶓冢兮”
汉水从嶓冢一路向下孩子般奔跑
穿过一个又一个爬满乡愁的村庄
马家河、朱家河、赵家河、二道河
玉带河、沔水、沧浪水、襄江，每走一段
就被重新命名一回
这些河流的名字
是汉江不同地段的胎记
只有沿河而居的母亲
才能分清哪一段
才是自己的脐血
这些名字，不过是汉江不同区域的方言
她们和众多数不清的支流一样
一点点地集合成浩浩荡荡的大河
母不嫌儿丑

更不会嫌弃孩子的乳名

六

"日月经天，江河行地。"
"惟天有道。" 祖先朴素的哲学里
天地对应。天人相应。
天上的银河落在地上，就成了汉江
"云汉，天河也。""语曰天汉，其称甚美。"
喝着天河里的水
养精蓄锐的汉中王心里的野草不停地疯长
月下追回来的韩信，拜将台上
奠定了汉家四百年基业
从汉江源头出发，横刀跃马
汉风浩荡。汉风过处皆吾家。
自此，炎黄子孙有了另一个简称
——汉，成为血脉中的象形文字
旗帜明亮，高高飘扬，猎猎作响
无论开枝散叶到什么地方
只要听到母亲一声呼唤
就会回到身旁——祖国——
大写的故乡

沿着这座城市的河流向上
"华阳黑水惟梁州"，古梁州是另一个称呼

向上，龙岗寺的人面壶圈足碗余温尚在
再向上，旧石器时代的石斧石球火花四射
文明因火而生，因水而兴。
逐水而居。人类找到了与自然和谐相处的方式
有人撒网捕鱼，有人俯身挖野菜，有人仰天大笑
在比长江还早七亿年的地质年轮上
不过匆忙一瞥
唯有时间永恒
唯有奔跑永恒

七

了解一座城市的根系
博物馆无疑是最形象最生动的打开方式
作为汉水源头城市
汉文化早已成为这座城市最鲜明的底色
推开汉中博物馆的朱漆大门
阵阵粗犷的汉风把我撞了个趔趄

“留此一抔土，犹是汉家基。”
沿着长满青苔的台阶向上
我们渺小如蚁，恍若尘土
唯有“汉台”两个方方正正的碑文
横亘在天空下

当我站在昔时汉宫的遗址上
铁马金戈，战鼓阵阵，声音一浪高过一浪
呼啸而来，对我缺铁的躯体进行淬火与锻打
明修栈道，暗度陈仓。运筹帷幄。楚汉相争。
这些汉字成语的烽烟
把我烧灼得热血沸腾
“言之不足故嗟叹之。”此刻，所有的诗句
都苍白无力，我只想仰天长啸
只想驰骋疆场，宁可马革裹尸还

望江楼上望江流。江流看不见
被雨后春笋般拔地而起的幢幢高楼推开
我看见了汉隶的惊涛巨浪排空
三十年前，初习隶书时
石门，玉盆，石虎，衮雪……
这些汉隶中的最高海拔
在我虔诚地握住狼毫的瞬间，风起云涌
多年后的今天，在石门十三品陈列室内
与这些失散多年的兄弟重逢
我突然泪流满面
“一河流水，岂缺水乎！”
曹孟德的千里快哉风一下淹没了我
贫乏的想象
“故垒西边，卷起千堆雪。”
浪花似雪。豪情似雪。诗意似雪。
在汉中，我血脉里的汉字再次得到提纯

八

早上五点，当汉中还在打鼾时
我和一个叫乌鸦的男人
深一脚浅一脚地到汉江边朝圣
天苍苍，雾茫茫，天地四合。
有那么一刻，我确信自己飞在半空中
浸泡在天河温润的子宫里
鱼跃龙门。直到龙岗大桥上的游鱼一跃啄破
晨雾的壳，汉水的面目一点点明晰
我才重返这个烟火满面的人间

这里的汉江与襄江并没有什么不同
不过瘦削了一些，雾气更重了一些
当我们轻微的足音惊醒芦苇时
有平平仄仄的捣衣声穿云破雾而来
惊起了一群觅食的长腿白鹭
不停地在盘旋，翩然若仙，不肯离去
让我想起了日日思乡不得开笑颜的褒姒
为博美人笑，周幽王丢了性命也丢了天下
“赫赫宗周，褒姒灭之。”
美人何其无辜，凭空替男人背负亡国的骂名
那些不愿离去徘徊的精灵，是不是当年
离乡时，幽幽的一声叹息？

第二章：汉水安澜——陕西安康市

一

一条条隧道，再次淹没了我
时光与灯光交错，春光与星光交辉
让我坠入秦岭五千公里深处的岩浆里
再溯汉水，澎湃紧张的心渐趋平静
我把三千里汉江的奔腾
镌刻在一片鱼鳞上
这样，无论逆水而上，顺水而下
我都能游刃有“鱼”
有鱼，生活便有了滋味，便多了几分安然
丰衣足食，是万千百姓的期盼
正如对“安宁康泰，丰乐万年”的美好向往
有了向往，日子，便有了滋味

二

"房州上庸界，有伏羲女娲庙，云是抟土为人民之所……"
"金州安康郡，今理西城县，有伏羲山。"
女娲山、伏羲山、女娲庙、偏头山、中皇山……
炼石补天，抟土作人的神话扑朔迷离
伏羲画八卦的传说波谲云诡
天高云淡的故事让这座长在秦岭山下的
城市，平添了厚重和神秘
就像博物馆门前的那块稳稳当当的巨石
沟壑纵横，有高山耸立，有林木森森
侧耳倾听，有水声潺潺，有猿啼鸟啭
安澜天下的梦
在一块石头上得以重生和鲜活
在一块石头上得以暗喻和安慰

三

如果城墙更宽一点，更古老一点
如果阶梯更平缓一些
如果那些石头隐藏得更深一些
如果那些捣衣声更稀少一些
我还以为梦游到了家乡

一江碧水穿城过
安康与襄阳，恍若连襟兄弟
不同的是，襄阳地段的汉江像杨贵妃
安康段的汉江则像赵飞燕的小蛮腰
瘦得已经包不住骨头
露出满江黑黢黢灰扑扑的石头
把一座城市的目光硌得生疼

如果不是水边高高耸峙的安澜楼
祈祷洪灾远离人间
护佑安康幸福的生活
以为当年的汉水也是这般模样
逝者如斯夫。我不想感叹人生
站在汉水边宽阔坚固的河堤上
只想感叹流水，一条坦露肚皮的河流
无疑是惶惑、不安、惊惧与紧张的
是让人不忍直视和回忆的
我想替她把委屈哭出来：
一条掉出底子的河流就像一个人，露出了
所有的底牌，将再无胜算

四

如果从现状来判断一条河流的历史
就像从一个耄耋之年的额头想象少女时代

无疑是虚妄和可笑的

为了努力触摸一条河流的过去
在露水未干的清晨
我独自背着沉重的三脚架和相机配件
漫无目的地游荡在安康城内
试图从某个古旧的墙面和一株苍老的槐树上
聚焦某段历史上河水泛滥的蛛丝马迹
结局无疑是徒劳和注定的
“老板——来碗羊肉泡馍——”
最后，还是一句绵软浑厚的秦腔，把我拉回
街边的小吃店中，让我不再纠结过往
热腾腾的陕西小吃，让我顿生力量

五

在汉江众多支流中，吕河
无疑是灰头土脸的一条
如果不是一群眼里揉不得沙子的汉子
守护这条一度生锈的河流
这条河流也许还会继续病下去
好在，王孝文兄弟和越来越多的兄弟
搓掉手上的泥巴，撸起袖子，挽起裤脚
为吕河洗脸，搓澡，去垢……
这条由水磨河、大金河、大神河汇聚而成的河流

这条古称驴川、闾河的小河
步履开始轻快，再次亮出清亮的嗓音

多亏了这些行走在吕河边的汉子
让我想起家乡绿色汉江的环保志愿者
以及过江之鲫一样的志愿者
正是这一尾尾清道夫鱼
护佑了河流的平安与健康
护佑了生命的长久与延续

六

“道生一，一生二，二生三，三生万物。”
站在旬阳城的高处
会让人不由得仰望星空与宇宙
回望历史与人类的源头
冥想道家的玄奥
天地玄黄，日月洪荒，川流不息
旬河与旬阳城相拥相抱
成就了一座阴阳互抱的太极城
“五行始焉，万物之所由生……”
生生不息，在一座小城里进行了完美映照

站在旬阳高处，让我想到了南漳县东巩镇
“汉江沮漳，楚之望也。”

养育了楚先民的沮漳二河，其中漳河
重要支流的茅坪河，亦如旬河
用自己柔软的曲线隔开了两座山
让鲤鱼山与望月山相拥相抱
成就了一幅立体的太极图
然后，漳河折身一路向东南
辗转进入长江

作为道家标志的太极图
同时出现在汉水上中游之间
看似巧合，也许冥冥中自有天机
更巧合的是，道教祖庭之一的武当山
恰恰点在两幅立体的太极图中间
让一尾更大的鱼睁开了眼睛
一开口，便口吐莲花，人间芬芳
一吐露，便满目苍翠，天下安康

七

外在的神奇与光鲜
都是一座城市的衣服
那些日出而作、日落而息的居民
才是一座城市永恒的动能
铁打的城市，流水的人
一茬又一茬的人把城市生长得翠翠绿绿

刘贵棠无疑是这座城市里最鲜明的一棵树
这个自称秦巴汉子
操持着温润秦腔的中年男人
平淡无奇的脸上，刻着坚韧与执着
左手持网，一网下去，捞起汉江流失的记忆
右手握袋，解开风口袋，汉风浩荡吹向天地
他不再是他自己，他把自己长成了汉江里的
一块石头，砌进了汉江航运博物馆的地基里
面朝汉水，耸立起一座水的碑
走在旬阳老街的皱纹里
每一粒石子与风声
都散发着这位男人行走时的盐味

八

如果说旬阳城是一条阴阳鱼
蜀河古镇就是这条鱼的眼睛
眼睛开合间，流光四射妩媚多姿

清晨，当我站在蜀河入汉水的河口
蜀河自西来，入汉水
一边是激流奔腾的汉水，像苏东坡的大江东去
一边是温柔恬静的蜀河，像李清照的梧桐细雨
一刚一柔，似乎水火不相容的尖锐对立

却在蜀河古镇意外进行了圆融
就像这里的巴蜀文化，刚烈中不乏柔情
粗犷中不乏细腻

在蜀河古镇行走
柔与刚伸手可触
那弯曲回环逶迤的小巷，是柔
那粗粝坚硬的青石，是刚
刚柔并济，太极的绵绵不绝
将暴涨的汉水一次次阻挡在外
那些深刻于石墙上的洪水线
一道道嵌入记忆中
成为这座古镇最具质感的肌理
和面对泛滥洪灾时挺立的背影

杨泗庙已经很老了
那黑瓦上的塔松却鲜活着
它们吞吐着汉江的水汽和古戏楼的曲调
身体里也有了一波三折
它比面目威严的船工始祖杨四爷可爱
它不食香火，它笑看风云
在它脚下，不仅有滔滔汉水
更有帆樯林立，人声鼎沸
“小汉口”由是起程，通江达海

坐西向东、靠山向水的黄州会馆抢尽了
蜀河古镇的风头
那些华美的飞檐护壁不过是一袭袍子
那些森严等级的殿堂不过是一些痴念
余音不绝的是那些骨头般的诗句
“大江东去浪淘尽，千古风流人物。”
风流人物已远去，空余会馆一座
它空在自己的梦里

九

行走在千年古镇
我们惊诧于时光的停顿
行走在光滑圆润的青石板上
随手捡起一块石片，敲击那些
层层叠叠的旧石头
都可以发出清脆的铃铛声

“青石板，板石青，青石板上钉洋钉。”
雨中的骡马古道，在民谣里返青和拔节
那些被脚磨去棱角的一块块青石板上长着
一个个洋钉，楔进了石头的内心
“这是自然铜，有散瘀止疼、续筋接骨之效。”
一个以本草为书的女子楚林说
我俯下身抚摸那些深入青石中的洋钉

像一根根骨头，撑起骡马古道的幽远苍茫
构筑起一条南北文化交流的通道
千年挺立，万年不垮

一棵两百年的金弹子树
站在骡马古道边，站在黄州会馆背后
站在蜀河古镇，站在汉江岸上
惯看波澜起伏，惯看人间颜色
无喜也无悲，无情也无欲
伐薪烧饭，伐薪烧炭
昔日供养人间烟火，今天被人供养
身披袈裟，享用香烛供果
角色转变的背后
是绿水青山理念的蓬勃生长

十

“两山之间必有川焉。”
沿旬阳和白河行走
我才认识到汉江作为一条河流的样子
作为一条河流，如果没有山川当陪衬
河流就显得单薄
如果一座座山峰，没有河流当陪衬
山峰就显得枯瘦

在十堰市，汉江沿岸
一半是高山，一半是城市
在安康和襄阳，在汉江中下游很多地方
河流都是在城市里穿行
或者说，城市都是沿河而建
这让我们忘记了一条河流最好的伙伴
是夹岸的高山

高山是河流最好的伙伴
就像瑞雪是蜡梅的最好伙伴
就像寻源是对一条河流最高的致敬

十一

看惯了汉水平静忧郁、寡淡乏味的样子
以为这就是她的本来面目
到了旬阳，到了汉水上游
发现奔腾呼啸才是她最初的模样
她赤足狂奔，她仰天长啸
逢山开道，遇石踢走，一次不行两次三次
她用身体硬生生撞开一条道
那卷起的千堆雪，是她一次次涅槃的火焰
这让我羞愧无语
身体里早已流失的铁与钙
让我习惯了一次次绕道而行

一次次退缩忍让

此刻，有一道光从黑暗中醒来
此刻，我只想赤身裸体地狂奔
在无边的、暗寂的旷野上

十二

为了省下几十公里的山路
我们从旬阳码头乘坐轮渡
两点之间，直线距离最短
一艘巨大的渡船，拉直了旬河与白河
之间的时间空间

巨大的渡船横亘过来
两岸的青山横亘过来
把我们压得喘不过气来
在驳船上
撑着五颜六色雨伞的我们
多像一只只飘忽不定的雨点
不是自己想落在哪里就落在哪里
命运的轨迹，掌握在风的手中

这是我第一次乘坐渡船
也许是我最后一次

刘贵棠说，用不了多久
这座安康境内的最后一座渡口也将关闭
一同关闭的还有岁月与远去的帆影

十三

“南走巫夔，北通商洛，东扼均房，
关南险奥，白河尤属襟喉。”
沿着汉水一路向东南
我们在一场春雨中邂逅白河县
这座秦头楚尾的城市实在太小了
小到我们的大巴车不敢随便转身
生怕一不留神，就卡住了咽喉

我宁愿把一条河流的浑浊
归结为一场春雨，也不愿意揣测为污染
这条不足百公里的小河
浑浊而细小，鱼虾看不见，更不用说
看见水底的白石了

在白石桥大桥，我看到浑黄的河水
自西南一路彷徨而来
看见清澈澄明的汉水时，她犹豫了一下
最终扑腾进浩大的汉水中
再次上演了泾渭分明的错乱

她希望博大的汉水能消解她浑身的伤痛
治愈自己
看到白石河，你会发现
原来每一条河流都有自己的形状
有自己难言的苦楚与伤疤

十四

两山夹一沟，西为龙岗山，东为魁星山
古旧的房屋依山就势排开
你的房檐挨着我，我家房檐蹭着你
犬牙交错般挨挨挤挤亲亲热热
打个喷嚏，咳嗽一声，就替主人家
串了个门。在白河县桥儿沟
人与人之间没有距离与隔阂

当我们撑着小伞，在大雨中沿着陡峭的
长满青苔的台阶攀爬而上
狭窄幽深的古巷像一笔瘦金体的中锋
瘦劲而骨骼分明
昔日的水声已经渐行渐远
剩下几座小桥也淡成了几笔水墨写意
只有众多的泉水一字排开：
龙井、温泉、石板泉、香泉、福泉……
这些叮咚作响的泉水如一汪墨

把一沟两旁的人们皴染得恬淡闲适

行走在桥儿沟，走着走着就会把自己走丢了
只剩下雨声水声和一幅水墨图画
行走在桥儿沟，走着走着就会把自己走丢了
商贾云集、喧闹交易的声音会淹没一切
行走在桥儿沟，走着走着就会把自己去丢了
万物静谧，天地间只剩下自己的心跳与呼吸

身在异乡，大雨会让人更加惶恐
虽然桥儿沟离白石桥不过一箭之地
我们这些来自异乡的游客
奔走在雨幕中，走着走着人就走散了
走着走着人就不见了

在桥儿沟，当我们沿着狭窄的台阶
一级级而上时，就像走进了人生后半程
而这些，或许就是汉水给予我们重要的启示
一滴水有多种形态
落地为泥，飞天为云，进河为花，入海为浪

第三章：丹水入汉——陕西商洛市

一

"水出丹鱼……割其血以涂足，可以步行水上。"
丹江，一条因神鱼而得名的河流
这让我想起了楚都宜城的鲤鱼湖
同样因一条红色的鱼而得名
水因鱼而名，鱼因水而生。
鱼与水，天造地设的情人
不用山盟海誓，海枯石烂
想靠誓言维系长久的
注定经受不住风雨

"五十八年，帝使后稷放帝子朱于丹水。"
又传说，丹水因丹朱治水而得名
这让我想起了保康尧治河
同样因帝尧及其子丹朱治水而命名

河流与河流之间自有内在的基因和密码
不仅仅是神话传说与虚妄依附
让我们这群来自襄阳的槎头鳊
有了解剖河流的冲动

丹水，这条汉江上游最大的支流，与汉江
有着一个共同母亲：秦岭。
一根藤上两根瓜
她们从一座山的不同位置出发
赶到丹江口合流
长成更大的一个瓜

丹河、丹水、丹渊、赤水、粉青江、州河
淅江、均水，这些都是丹江的别名
就像媳妇又名拙荆、贱内、夫人、娃他妈
不同的场合需要不同的身份和平仄押韵
在她的上游，遍布着数不清的毛细血管
就像一片叶子的脉络，一棵树的维管束
油磨河、板桥河、外湾河、砚川河、南秦河、
汇峪河、老君河、七家河、资峪河、银花河、
武关河、滔河、会峪河、湘河、小河、耀岭河、
清油河、县河、湛河、老鹳河、石鼓河、白河……
我在地图上寻找这些河流的名字时
就像端详自己童年照片，每看一张
就觉得这些河流离自己更亲近了一点

庚子深秋，当我从汉中折向丹水时
秦巴山下时隐时现的一川汉水，沿岸
不时有一棵两棵或一片柿子树与我对视
那红彤彤的色彩高悬于天空
就像一条红色的河流高悬于天空

二

在地下五千米深处打眼放炮的诗人陈年喜说：
“商州城西之凤凰山，据说是丹江的源头。”
为了看一眼丹江的源头
为了圆满我们自己的圆满
我们在一个叫凤凰古镇的地方驻足
在这个与沈从文笔下湖南凤凰同名的地方
希望找到一条河流向下的动力与初心

背靠大梁山，面向凤凰山
这个由社川河、皂河、水碓沟河三水交汇
形成的商洛古镇，因了这捧清水
秦风秦韵中多了几分婉约柔美
青砖灰瓦，木板商铺，在丁字形的街道上
用山货特产排兵布阵，丰润生活
同兴和、昌盛富、茂盛和、德盛祥、丰源钱庄……
这些胡子拉碴的百年老店，面带羞涩的微笑

用丢下锄头镰刀的大手
把生活揉搓得色香味俱全
荞麦面麻花、臭豆腐、菜豆腐、豆豉夹馍……
徜徉在凤凰古镇，时光一点点倒流
将我们带入黑白胶片的原乡
每到傍晚，就会听到母亲站在村头
响亮的一声声呼唤

“你考上了清华，他考上了北大，我烤上了地瓜。”
在一个烤红薯的小摊前
一个矮壮的老人高举着火钳
像高举着孩子的录取通知书
“我们家三个娃，都考上了大学……”
虽然不是清华北大，那有什么打紧呢？
父母的眼里，自家的孩子永远都是最好的
这让我对这个烤红薯的老人突生敬意
因此记住了他的名字：柯恒心
记住他，就像记住了千万个父母的名字

在十字路口，两家铁匠铺相对而立
叮叮当当的打铁声，此起彼伏
一次次在时光深处锻打
这些日渐消失的老手艺
在一条青石小镇上闪闪发光
让我们脆弱的骨骼一次次淬火

这两个细节，不过是凤凰山下宁静小镇
中的一滴一点
却让小镇长出了根茎
在皇天后土上长出了生动的枝叶
沿着叶脉追溯
我找到了一条水的最初内涵
那是一滴滴来自人间的泉

三

“一山耸立，分两翼，若凤翥然，因名凤冠山。”
其阳有龙驹古寨，又有丹水东流。
丹凤县，一座因山水命名的城市
一只起舞于商山丹水间的凤凰
成为商州最神圣的图腾
楚人的图腾

丹凤是长在六百里商於古道上的一颗美人痣
丹水是涂画在六百里商於古道上的一抹胭脂
这个秦岭东段南麓的小城
四季分明，腔调分明，性格分明
一水润厚土，一路通南北
南来北往的行船与方言
在这里上岸与奔走，交流与融合

喝酒划拳，讨价还价，醉倒与清醒
那些高低起伏的拉纤号子和飞溅的汗水声
至今还在船帮会馆和龙驹古寨檐角的铜铃上
时时回响

一条河，见证了商业的明明灭灭
一条道，经略了天下的兴兴亡亡
我来的时候，河还是那河，道还是那道
河已不是那河，道已不是那道

四

天下“商”字源商山
丹凤县最高的山是商山
比商山更高的是人，一古一今两名人
一古，不是一个人，是四个人：商山四皓。
山中无甲子，山中无战火，山中没有尔虞我诈
饿点不要紧，“烨烨紫芝，可以疗饥。”
很多人只看到了灵芝，这株高贵稀罕的真菌
药用价值极高，甚至食之可得道成仙
却没有听到他们岩居穴处时的泣血呼号：
“唐虞远矣，吾将安归？”
没人愿意真正逃离尘世
很多时候都是身不由己
就像丹水最好的出路是入汉水，进长江

归大海。一个人最好的出路是——
治国平天下

山高绝顶我为峰
商山四皓在商山上站成了士的顶峰
我们这些远道而来的叩拜者，站在山下仰望
四皓风中飘飞的白发如云
长成了隐逸遁世的象征
长成了不食人间烟火的仙
可惜没有人听到，寒夜中孤独的心跳

一今，是小名平娃、大名叫贾平凹的汉子
一个生在商山脚下棣花古镇的汉子
“棠棣之华，鄂不韡韡。”
因盛产棠棣花而名的小镇
白居易三过棣花的小镇
过去因一朵花闻名，现在因一个人闻名
唐启意坐在门前的丑石上吐着烟圈说：
“贾平凹就是一棵南瓜秧”
这是我听到关于评论平娃的最好诗句
这棵不择水土的南瓜秧枝蔓纵横，青枝绿叶
把一方瘠薄的土地生长得风生水起

五

一街两国。一步之隔。
走在一半为宋，一半为金
宋金边城冰冷生硬的青石板上
一边铁骨铮铮，一边寒光闪闪
滚滚烽烟，在一条街上对峙和切割
却意外地在木铎楼、魁星楼、法性寺、二郎庙
那些供奉的各路神仙身上得到协调和统一

走在因《秦腔》而更名的清风街上
小桥流水人家，千亩荷塘如画
恍若裁取了江南一个片断，种在商山下
这个叫平娃的十九岁出走的男人
是一个飘在秦巴天空下的幽灵
一边回望故乡，一边渴望城市
他用笔在清风街上为自己进行了调和
他用笔为故乡重塑了一回金身
他用笔为故乡修了一座庙

“平凹笔下的闰土”
在棣花古镇，“刘高兴”是最幽默的一笔
就像商洛的土豆，内里金黄，外表浑圆
这个穿西服捡过破烂的农民

先是走进小说，然后又走出小说
一进一出间，风云变幻，鸟枪换大炮
丢下镰刀锄头，在山洼洼间摆开了笔墨纸砚
一个农民的作家梦，无意间
在快乐中长成小镇最鲜活的符号
成为一幕喜剧的主角

六

探寻一条水的基因与深浅
最好的方法是变成一尾鱼
探寻一座城市的基因与深浅
最好的方法是混迹于街头
坐在一张小方桌前
吃一碗擀面皮，再来一碗小米南瓜粥
在丹凤县城的一个早上
我再一次领略到丹水的回甘与绵长

第四章：逐梦神农——湖北神农架林区

一

山是卧着的龙
站在送郎山上向下俯瞰
一条巨大的峡谷如神龙盘卧苍茫群山间
尾扎进十万大山
头伸向千里汉水

站在地图前看神农架
一条细细的线，却宽厚如山
华中屋脊。一脊分二水：长江、汉水
两水不见面，唯有涛声阵阵
她们用声音，在云间相会

为了一解两条河流的相思苦
神农架献出了自己的精血
南坡入香溪河，北坡入南河

两条小河在山顶眉目传情
给汉江与长江当红娘

二

“山，产也，产生万物也。”
山不仅产生石头矿藏野草树木飞鸟野兽
产生木耳灵芝，也产生水

水是大山的掌上明珠
小心地藏在深闺深处
是树木和野草把水一点点养大
然后，一起送出阁

如果没有树木野草的一点点蓄积
大山亦如竹笋——嘴尖皮厚腹中空
如果没有十万大山深深地涵养
就没有一股股向下喷涌的泉

在神农架原始森林遮天蔽日的缝隙里
我突然明白了一棵树与一滴水的关系
是一片片树把弄丢的一滴滴水捡拾起来
是一滴滴水把一棵棵树浇灌得壮壮阔阔

哲学对立的二元关系，不止于鱼水

还有森林与水胚胎时的形态
还有大山的显与水的藏

三

麂子沟，神农架北坡的一条峡谷
雨水从天而降落入峡谷
泉水从地底喷涌而出滚入峡谷
还有众多细小的水汇入峡谷
这些水，一路向东
过高家屋，经宋洛，穿保康马桥
一路收留马栏河、清溪河，水势渐大
最终从谷城格垒嘴融入汉江
完成了她作为一条支流的使命
野马河、关门河、南河、粉清河
是她不同地段的方言
最有诗意的名字莫过于粉水了：
“取此水以渍粉，则皓耀鲜洁，有异众流，
故县、水皆取名焉。”

这些身肩使命的水
从高山上横冲直撞而下
凿穿了十万大山，如一缕光撕破暗夜
山货特产顺水而下
洋货新物逆水而上

一水，动四方
一水，连世界
一水，开山门
从此，大山的梦不再只有绿色

四

“乃求可食之物，尝百草之实，
察酸苦之味，教民食五谷。”
“筑土架木，以为宫室。”
“致天下之民，聚天下之货，交易而退……”

神农架木遮风霜
神农架梯摘月亮
神农山中百草尝
因为神农氏，人类才走出幽暗山洞
因为神农氏，人间才有了繁盛烟火

因此，到了神农架必到神农坛
就像不到长城非好汉
匍匐于天圆地方的宇宙中
把身体置于离土地最近的位置
进行一次深长的叩拜
你会听见，内心深处的开花

五

如果说鱼是河流的灵魂
金丝猴就是神农架的灵魂
我们来看它时，它也在看我们
这个离我们最近的亲戚之一
很多时候，抵近它们
就是抵近我们自己

就像那些传说中的野人
其实，很多时候不过是另外一个
自己
自由奔跑的、思想放飞的另外一个
自己

六

湖泊是河流的眼睛
九为数之极。九座湖泊连起来时
你就看见了天下
看见了人间万象

当晨雾从大九湖面翻腾起来时
那些透明的水正安放着水草的梦

那些柔软的水草正安放着鱼的梦
那些快乐的鱼儿正安放着大山的梦
那些大山正安放着万千生灵的梦
所有的梦，连在一起
便成了人世间共同的梦
所有的梦，连在了一起
就会抵达星空深处
宇宙之外，那些遥不可及的远处

七

在神农架，那些纯净的水
纯净的空气
纯净的阳光
纯净的眼睛
会不时地击穿我厚厚的壳体
如一记突然响起的木鱼声击穿石化的心
让体内的另一个自己
苏醒

在神农架，我开始学会珍爱
阳光，空气，飞鸟，游鱼，野草，树木
在神农架，我更懂得珍爱
一粒粮食，一粒种子
正是它们，启幕了这个浩大的人世

第五章：烟火十堰——湖北十堰市

一

“十堰，在县南，因溪筑十堰，以灌田。”
以十口堰来命名
一座城市，多少让人有些感伤
更让一百多万年前的郧阳人牙巴骨咬得咔咔响
就像石家庄，让人耿耿于怀是不是一个村庄
十堰人的骨子里，更愿意叫这座城市
——郧阳，因为它的身世一度显赫无比：
曾辖八府九州六十五个县长达二百零五年
是持续时间最长、管辖区域最大的军政合一机构
这些最高光的部分，遮蔽了它背后的阴影
山高林密，地偏路远，本为“弃壤”
才能成为躲避战乱、重税和徭役的天堂

作为一种本能，选择性遗忘
世间万物看起来会更加美好

好比欣赏一个美女，最好只看背影

山南水北为阳，襄阳、南阳、郧阳
三座因水而名的城市，三足鼎立
少了一阳，叫起来便少了些押韵与顺溜
少了一阳，就像嗓子里卡了根鱼刺
疼入心扉，彻夜难眠

其实，关于叫土豆还是马铃薯的问题
就像乡下孩子的乳名与学名
不管是铁蛋狗蛋牛蛋
只有有出息，才会被人尊敬
否则，名字再响亮，还是被呼来喝去

而我更喜欢十堰这个名字
因为，越土的东西越接近生活本来面目
叫起来越亲切
不用更多起承转合、弯来绕去
直接切入主题，省时省力省心
就像见面喊小名的，才是真朋友
如果我喊一座城市叫十堰，这样
她和汉江就有了呼应关系
这座城市就有了许多泥土味

二

拦水筑堰，是为十堰
拦水修湖，是为洪湖
围堰造田，围湖造地，井田种养五谷
也种养人间

发芽、拔节、抽穗、扬花、灌浆……
植物把水变成了粮食
人才能活下去

水是生命之源
有了水，才能“辟草昧而致文明”
十口堰的背后，是从猿到人的一个转折
就像都江堰，学会用水才活得更加滋润
就像山河堰、六门堰、钳卢陂、召渠、白公渠
襄阳长渠、老河口丹渠……还有
无数的江河湖海，沟溪堰坝，淀潭库凼
一条条藤蔓，结下一个个圆滚滚的瓜
喂养干渴的人世

三

“龙蛋宝石郧阳人，仙山秀水汽车城。”

为了探索郧阳底蕴最深厚的部分
我们的车驶入青龙山国家地质公园
巨大的压力扑面而来
在巨大的恐龙骨架与巨大的山脉面前
我第一次真实地感到了自己的渺小

那些惊心动魄的恐龙骨架
那些被定格的不甘心的嘶吼
一窝窝裸露的或隐藏在黄土中的龙蛋
一再提醒后来的灵长类动物
这些距今 6500—13500 万年前的地球统治者
即便长就了强壮如山的身躯
在自然伟力面前，宇宙洪荒面前
同样渺小若尘，脆弱如婴

“龙蛋共生，世界唯一。”
在郧阳，鲜亮的城市宣传金字招牌后面
这些活生生的样本给予的昭示更有深意
学会谦逊，学会尊重，学会与自然和平共处
才是生存的最高法则

四

作为无数条汉江支流中的一条
曲远河，弯弯曲曲地一路行走，一路接纳

更多的兄弟入伙
然后，在学堂梁子纵身跳入汉江
如果不是一个人，一块骨头，一块头骨化石
一块距今约一百万年前的化石，一块编号为
“郧县人Ⅰ号头骨”被专家发现
她还会像众多支流一样永远平淡下去
即便头顶光芒万丈，曲远河还是曲远河
她知道作为一条河流
永远不停地奔走才是活下去的理由
就像母亲，即便年过七旬
还像一把锄头，在乡下的土地上
“锄禾日当午”

“于无声处听惊雷”
“郧县人”惊艳现世无异于一声雷鸣
随后，他众多失散的兄弟和后人都被找到
距今一百至五十万年的郧县“梅铺人”
距今一百至四十五万年的郧西“白龙洞人”
距今五十至二十万年的河南南召“杏花山人”
距今十至四万年的郧西“黄龙洞人”……
还有更多的兄弟，走在回家团圆的路上

2022年5月18日，保存完好的“郧县人3号”
头骨化石，再次惊艳现世
(填补了东亚直立人演化史的空白)

学堂梁子，东方人类的故乡
用一束光，剖开了黑暗

人类逐水而居，文明因河而生
汉水，这条汤汤大河用静流无声的姿态
静静地等待着一个大写的词语破土而出——
汉水文明！

宏大而壮阔的事物往往不需要语言
凡是需要语言阐释的往往苍白弱小

五

好山出好水，好水出好酒。
一坛房县黄酒，用大巴山与武当山的雄壮
作底色。用南河、堵河、北河、官山河的清澈
作曲。再添上无数阳光、清风、明月、蝉鸣
酿出千年美味，开坛十里香
醉却人间无数

房县，这坛秦巴山脉深处的一坛老酒
穿山越岭，融入浩渺汉水
自此，汉水里也有了几分醉意和愁肠
既有了北方的豪放又有了南方的婉约
因此，李白站在汉江大堤上醉眼迷离地说——

“恰似葡萄初酦醅”

房陵美酒夜光杯！
多年前，和兄弟论诗
三碗房县黄酒，让我醉卧两天
醉里不知身是客，将王子羽的诗句
张冠李戴，觉得人间好酒莫过于此

一碗黄酒，打开了多少紧闭的心扉
一碗黄酒，温暖了多少寒冷的脾胃
一碗黄酒，滋补了多少虚无的底气

六

“文武吉甫，万邦为宪。”
中华诗祖——尹吉甫，无疑是房县
这坛老酒中最鲜亮醇香的一滴
他赤足走在汉水边
以青山为伴，以飞鸟为伴，以游鱼为伴
采撷人间最美的声音
融入《诗经》宏大清丽质朴的叙事中
打开书页，酒香扑鼻而来

半醉半醒间，有人临风吟哦：
“江汉浮浮，武夫滔滔。”

“汉江汤汤，武夫洸洸……”

七

山是大地凸起来的骨节
河是大地凹下去的经络

有堰的地方肯定有水
有水的地方肯定有山
山是水的背，水是山的胸
山水相连，唇齿相依，有了这份相依相伴
天地才明媚如画，日子才生动有趣
在“九山半水半分田”的十堰
山才是主角，水是配角
人不过是山顶一株树上的叶子

中国的龙脉——秦岭
为华夏大地铸就一道铁打的
脊梁。有了这根坚挺的骨节
中国人的血液里就有了铮铮作响的铁
武当山则像脚下的汉水
集百山之长于一炉：
泰山的雄、华山的险、衡山的秀、黄山的奇
峨眉山的凉、青城山的幽……
有了这么多山的风骨，有了这么多山的灵根

武当山才被祖师爷一眼相中
在此打坐修行，观天相地，吞云吐雾
一朝得道，众山通灵
引来众生朝拜
其实，他们朝拜的不是神
是对山水自然万物的感恩

赛武当和神龙顶无疑是武当山的两个
小兄弟。它们心气一个比一个高
身材一个比一个高
个子虽然高，却因少了一个人
始终低了一头
先贤说："山不在高，有仙则灵。"

八

石是山的骨头，玉是石的精华
有了一块玉，山就活了
玉，代表一座山行走世间
也因为此，君子如玉，玉如君子
那是因为有一座山作支撑
才厚重，才庄严，才大气，才温润

先有云盖寺，后有武当山
云盖寺里藏高人，也藏宝玉

也许是宝玉成就了大德高僧
也许是高僧成就了通灵宝玉
佛说：无常无我
何必执念呢？
放下，你才配得上一块玉

绿松石，这块传说中女娲补天的五彩神石
经过时光的冶炼，愈发晶莹玉润
她用一抹动人的绿
她用一种神秘的幽
征服了人间，也征服了世界

九

“天阶夜色凉如水，卧看牵牛织女星。”
寂寞空旷的天宇
如果没有牛郎织女这对跨越天地的爱人
夜夜相守相望
天空一定会更空
空成巨大的虚无

天差地别，天地之间有鸿沟
多亏了织女下凡
让天地之间有了联系
冥冥杳杳之间有了根红线

天地相隔
唯有爱情，可以弥合一切

在郧西天河，我不敢谈爱情
怕说出这两个字
会变得苍白无力

十

在郧西区同心广场
中华水园，水利公园，湿地公园……
八座汉江生态联体公园一字排开
“同心共筑中国梦”的大字闪闪发光
铺展着一座城市绿色发展的理念

在广场上，在怀念旧时光的人流中
引人注目的不是巨大的青石与远处
滚滚东去的汉水，静静北上的汉水
更远处的青山与白云
而是那些“护水使者”和“最美守井人”
或行走或静立的照片
替所有的郧阳人出镜

他们誓言铮铮，回响在天地间

当好“守井人”，确保
“一库清水永续北送”
他们的承诺铿锵，回响在天地间
我相信路过的飞鸟与白云都听见了
更多的飞鸟与白云都听见了
她们都听见了这个时代最响亮的
兄弟情谊，家国情怀

十一

我们走到郧阳茶店樱桃沟时
满山满沟的樱桃红得正艳
她们用羞涩的笑脸迎宾
她们的笑惊醒了亿万年沉眠的青山

樱桃好吃树难栽
在樱桃沟，我第一次弄明白了此句俗语的歧义
樱桃插枝可活，果却难摘，更难保鲜
樱桃沟的村民，每个人都长有一双巧手
他们从汉水一再高涨的海拔占领的缝隙里
栽花种草，栽樱桃，栽柑橘
他们一边采摘，一边在大地上绣花
他们要在寸土上绣出美好的生活

为了保护一库清水

他们的家一搬再搬，他们一点点举高自己
他们收起水中的网，拆掉猪圈鸡舍
他们荒废掉百万亩黄姜和龙须草
他们从众多风雨无虞的企业岗位上
退下来。重打锣鼓另开张
他们在一粒粒樱桃上重新点燃自己

由樱桃想到了柑橘
“后皇嘉树，橘徕服兮。受命不迁，生南国兮。”
有的人走了，更多的人走了
却留下了一棵受命不迁的柑橘
一颗柑橘和一粒樱桃
替几十万十堰移民，守在故乡的天空下
她们要把这片天空照亮
让蒲公英一样四处飘散的孩子
永远记得故乡的模样

十二

金钱河，由名字可以想象一条河流的喧嚣与世俗
这条源自秦岭光秃山东南侧的汉江支流
出柞水、山阳，入郧西，过白河，汇汉江
大河有水小河满
一条黄金水道，带活了一条流金淌银的支流
成就了一座千年繁华古镇

“秦楚咽喉，天子渡口。”
郧西七十里有古城，名曰上津古城
与同位于金钱河畔的商洛市漫川关
“一脚踏三省”的淅川荆紫关
同为“朝秦暮楚”之地和咽喉要道
一夫当关，万夫莫开
三关相连，铸就铜墙铁壁
把狼烟与烽火阻挡在外
护佑苍生

达楚、接秦、通郧、连汉
上津古城南北东西四座城门的名字
清晰地标示了它的历史方位
这座始建于明洪武元年的小城
如一只靴子，鞋垫上的九条纹路
是它的街巷，写满了“长治久安”的愿望

当我们在一个傍晚慕名而至时
它古旧的身影孤独地站在夜色中
寂寞、冷清、空旷，像一个迟暮的老人
满脸都是密密麻麻的皱纹
它站在当下，却活在记忆中
记忆中，有舟车如云，商贾满地
有秦腔厚实，有吴侬软语，有京腔京韵

唯有记忆，才能让一座古城鲜活起来

远处青山如黛，白云缭绕
近处河水静流，柳树成荫
有河有柳，又名柳州城，让这座小城
多了几分灵动与妩媚
有人在城墙上奔跑，有人在打太极拳
他们用不同的方式呼吸
城的古与新，大与小
对他们来说，远没有快乐重要
而这恰恰就是一座城市存在的意义
先有市，后有城
有了城，生活才更美好

上津古城，一座缩小版的襄阳古城

十三

井是人间的泉
没有井，便没有人烟

在上津古城，最浓郁的一缕烟火是
雌雄双井
井分雌雄，口口相传的故事
让两口井，从此有了灵魂

一口雌井，浇灌老百姓的菜园田地
养育了市井的百态人生
一口雄井，成为守城官兵的生活用水
守护了城市的安定祥和

有了这两口井，男人更阳刚，女人更水灵
上津古城便会千年不倒，万年不朽
人间便会永远葱茏

由雌雄井，想到成都的宽窄巷子
一宽一窄，一雌一雄，一阴一阳
对立，互补，矛盾，辩证……
这些语词的背后
是古人朴素而深邃的生活哲学

十四

到了郧阳，不到梅苑，就像不到长城非好汉
作为一个在汉水边写诗的人
不看看梅花，身体里便少了许多
踏雪寻梅的诗意和清气

铁肩担道义，更主动担当守水之责
梅洁，这个汉江边长大的女子

在襄阳求学苦读的女子
一路追着汉水北上的女子
把汉江的清澈与澄明扛在肩上
把汉江孩子一般抱在怀里
最终把自己变成了汉江的一部分
她与传说中的汉水女神重叠在一起
一起采菱，一起歌唱，一起舞蹈

在郧阳梅苑，在她祖辈耕作之地
“一个怀着乡愁四处寻找家园的人”
一个独自“沿着汉水丹水走了一百天”的人
终于溯流而上，回到自己的祖地
她把一生的创作陈列于此
向祖先致敬，向汉水致敬，向移民致敬
她回到家乡，回到汉水边，内心的根
就有了永续向下生长的动能

一个因水而兴的女子
读她的书，有汉水汤汤，有移民泪眼婆娑
有故土家园，更有国之大者
她用自己的笔，为一条河流抒情
她用自己的心，为百万移民立传
她用自己的书，让一条河流站起来

在梅苑，暗香阵阵，闻香识人

我看到了一株铁枝虬干的梅
她把花开成了她自己的模样

当我们离开时，她在挥手。
离开很远时，她还在挥手。
就像我们到来时，她很远都在笑
直到山苍苍，水茫茫
暮色一点点地淹没了我们
我知道，她还站在那里
她早已把自己站成了汉水里的一块石头

十五

丹江大坝锁汉水
也锁出了汉水最宽广的部分——
“小太平洋”“亚洲天池”
面对这些让人头昏脑热的形容词
十堰人却清醒着
他们把浩大的江水比喻为：一口井
把自己比喻为：守井人
他们把守好一库清水当成自家的事

这么多年了
我们早已习惯于把小的事物夸大
却不会把浩大的事物喻小

如果把一座水库比喻成一口井
那么，这座水库里的众多青蛙
虽然坐在井里
看到的天空却更广袤

第六章：汉水北上

一

我不信命
就像多年前那句口号
世上从来没有什么鬼怪神仙
直到白发慢慢爬上头顶
才发现冥冥中有根线躲在暗处
牵着我
就像那游走于乡间的皮影戏
咿咿呀呀地唱腔透过昏黄的灯光
呈现眼前时，往往忘记了那根
提于手中的线

河流也是有命运的
像一个人，自己左右不了自己
汉水命运的改变
除了地震、板块碰撞、造山运动

除了洪水、泥沙，还有生存与欲望
更有她自身的内涵与丰蕴
如果不是她过于纯净
如果不是她被称之为“中国的多瑙河”
她还会一声不响地老去
就像一个乡下的老农，终将葬于一处
不知名的黄土岗

二

秦岭分南北，南水北旱
一方水多，一方水少
一方时发水灾，一方时常焦渴
世上没有呼风唤雨的龙王，却不乏
天马行空的想象

“南方水多，北方水少，如有可能，
借点水来也是可以的吧？”
1952年10月，一代伟人站在黄河岸边的壮阔诗意
让汉水一路向东的命运突然分汊

1953年2月，“长江号”军舰上
伟人的目光在地图上缓缓丈量水位的深浅
当一江清澈的汉水奔流到眼前，时光静止
一笔定乾坤

由一撇向东南，追梦三千里
到加上一捺向北，送水二千八百里
一条壮阔的河流在大地上冲出大写的“人”
她捧出所有的家产，与兄弟分享

三

“汉江大水浪滔天……卖掉儿郎把米换……”
“沙湖沔阳洲，十年九不收。”
“大水冲了龙王庙”
“汉水未消江水涨，人家百万水中萍。”
一首首辛酸传唱的民谣
撩开了汉水曾经暴躁的一面

很多年前，缠着小脚的奶奶说：
“民国二十四年发的那个大水啊
坐在襄阳城墙上都可以洗脚……”

多年前，考古专家刘柄说：
“襄阳九湾十八滩，滩滩难死船工汉。”

就像一枚硬币的两面
作家梅洁说：“汉江是神性的，也是巫性的。”
为了放大神性，去掉巫性

一道大坝的护佑，就成为一种必然

四

人定胜天
狂放的口号来自五谷丰登的渴盼
来自饥肠辘辘的土地与肚皮
来自过上好日子的向往

“饥饿导致人类进步”，社会学家说
为填饱肚子，不得不与天斗、与地斗
更要与洪水斗
历史上的分分合合在一条河流身上
似乎也有某种玄妙的转机

一分为二，一水走老路，一水闯新路
既扩大外延，又增加内涵
更是大禹治水奥义的另一种注解

五

“从丹江口引汉济黄，引黄济卫，同北京连起来了。”
1958 年初春，一声战前动员令下
武当山下腾细浪、走泥丸
天翻地覆慨而慷

1958 年 9 月 1 日，一声炮响惊醒青山
把这个日子砌进大坝的基座
湖北河南 2 省 3 市 17 个县 10 万民工
怀揣“把清水送到北京去”的梦想
“辟在荆山，筚路蓝缕，以处草莽，跋涉山林。”
肩挑背驮、手推小车、挥锹扬镐……
红旗猎猎、喇叭声咽、火把如星……
血与汗，冰与火，生与死
窝窝头与稀汤面，咸菜与干粮
浇铸起一道含筋骨、带体温的人间奇迹
一吞吐，就是一个“亚洲天池”
一呼吸，就是一个“小太平洋”

抚摸那些绳结记事的骨节
每一个凸起的部分都是盐的结晶
1959 年 12 月，大江截流
1963 年 3 月，主体工程一度停工
1964 年 12 月，工程复工
1968 年 10 月，首台机组发电
1972 年，周总理盛赞：
是全国唯一集防洪发电灌溉航运养殖
“五利俱全”的大型水利工程
1974 年，新中国水利建设史上第一个
大型综合利用水利工程完工……

(162 米的标高，成为世人景仰的高度)
这些丹江口大坝拔节的每一个瞬间
都让人激情燃烧，青春澎湃

汉水起宏图，碧波腾巨龙。
从此，一道巍巍大坝挽留了的汉水脚步
这条穿秦巴，过武当，经襄阳，下汉口
一路忙忙碌碌的水
由奔放变婉约，由急躁变安静
她在武当山下打坐，参禅，悟道
她把自己修成了人间的佛
她既度自己，更度他人，度世间万物

六

截断秦巴云雨，高峡出平湖。
一道大坝，让浩浩汉水
“萧瑟秋风今又是，换了人间。”

一川烟水出秦岭
行至丹江，翻转身子。
一歇脚，就歇出了碧波万顷湖
一湖碧水照汗青，也照出了
荆楚儿女的万种风情

一道高高耸立的大坝
让汉水有了另一种形态
以一面镜子的平滑与柔软
照出了青山的巍峨与高大
照出了人间的幸福与笑靥

七

沿汉水边行走，走着走着
心跳就放缓了，脚步就放慢了
那些躁动、不安、抑郁，甚至更年期
从身体深处时常蹿出来的一朵朵火苗
都趋于平静
在丹江大坝水的玻璃反光上
我反观到身体里的另一个自己
一个答案跳出水面，如初阳跳出水平面

——所有的终将流逝，没有所谓的永恒

丢掉那些辛苦追逐填满身体的无用
铅坠与臃肿
巨大的空旷与轻松，如夜莺般托举了我
身体里终于长出了翅膀
世界的大门正徐徐打开

八

站在接天连云的大坝下
一点点抬升的汉水标高
让一群蚂蚁惊慌失措
我们看不到它身体里的钢铁
更看不到它身体里的疼痛

九

一道大坝名曰丹江口大坝
一座城市名曰丹江口市
一道大坝因一道水而名
一座城市因一道坝而兴
注定了大坝与城市
爱恨两绵绵

年轻的城市身体里藏着古老的血脉
浩渺的水下，五百年的郧阳沉睡着
它们睡在自己的梦境里
它们只有在自己的梦里才是醒着的

“郧县，周古麇地……”
“玄帝降生于净乐之国”“净乐治麇”

不爱江山，不爱美人，偏爱修仙的净乐国王子
观天察地，仰望宇宙，创立道教
其国都所在之地即为古均州
如今，三千年历史和三万平方米的净乐王宫
一道沉入水中，与鱼虾作伴，与水草为伍
随一声平平仄仄的喟叹起起伏伏

“武当县西北四十里汉水中，有洲名沧浪洲。”
“自均州以下，水为之一清，故曰沧浪之水。”
“沧浪之水清兮，可以濯我缨。”
沧浪之水，是古均州城浮在水面的部分
净乐古宫，是古均州城沉入水底的部分
一上一下，一轻一重，一表一里
共同构成了一座新兴城市的肌理与质感

一座年轻的城，一座古老的城
从没有一座城市像丹江口这样
把泪藏在心里，把笑挂在脸上
汉江后浪推前浪
不仅仅是新陈代谢
更是把酒酹滔滔的悲壮
就像一片叶子的凋落
还会长出一片新的叶子
虽然看起来并无二致
只有她的母亲知道

手心手背都是肉
作为局外人，永远无法感知
这种悲喜交加如何痛彻心扉

十

“自洞儿山发脉，山南土冈析为二支……”
清泉沟，这道位于河南二劈山下的小山沟
从地图上睁开水汪汪的大眼睛
干枯的麦稻瞬间返青拔节

为了借来一瓢春水
18 万襄阳儿女在山沟里摆开战场
用青春热血甚至生命凿穿了大山
让 6775 米的“地下长龙”一点点鲜活起来

逢山开道，遇水架桥：
“天上银河”排子河渡槽亚洲之最
“西瓜秧”式水利灌溉工程全国推广
一条绿色的藤蔓在襄北大地铺展
引水渠、进水塔、隧洞、总干渠、六条干渠
再往下分枝长出的堰塘渠沟
枝枝丫丫地四处延伸，开花结果
把大地上洇染出丰满的色彩

从此，200 多万亩“旱包子”变成“米袋子”
粮安天下安
一道平地而起的大坝
让老百姓脸上开出了最美的花

十一

2005 年 9 月 26 日
丹江口大坝重启了它终极使命：
一江清水送京津冀
浩荡的钢铁洪流如水般汇合在大坝下
还有更多的人在一条南北纵线上排兵布阵
拆房推屋，挖山凿洞，开沟挖渠，填堰埋坑
横刀跃马，手起刀落，大地被剖开
一道二千八百多里的断面
不运粮，不运煤，只运一捧清水
填补千疮百孔的地底
滋润嗓子冒烟的尘世

八年的奋斗不止，八年的信仰不变
丹江口大坝长出新高度：176. 6 米
(与北京团城湖形成 98. 8 米落差)
2013 年 5 月 27 日，成为它涅槃之日
身高虽然仅长了 14. 6 米
肚量却增加了 110 多亿立方米

2014 年 12 月 12 日
南水北调中线工程正式通水
汉水一路向北，上南阳，过平顶山、许昌、
郑州、焦作、新乡、鹤壁、安阳、邯郸、
邢台、石家庄、保定、北京、天津
一路穿行 4 省市 14 座城市，1432 公里
最后在北京团城湖和天津外环河落脚
她终于走到了她最初的目的地

沉沉一线穿南北，汩汩一水进万家。
从 1952 到 2014，一条江水走了 63 年
尽管步履蹒跚，尽管跌跌撞撞
她始终未忘初心，一条道走到底
拉升了自己的高度与长度
抵达了自己的星空与宇宙

十二

170 米！2021 年 10 月 10 日 14 时
丹江口水库首次达到设计正常蓄水位
新闻报道的加粗标题再次放大了大坝的身姿
一条横线，一个水平面
再次抬高了丹江水库的海拔
一条竖线，一段从下至上的标高

完成了丹江口大坝的“成人礼”

每一条河流都有自己固定流向与使命
就像一个人从出生开始就在走向死亡
如果，扩展一条河流的胸襟与气度
就延长了她的生命与质量

汉江，从南水北调开始
拥有了第二条生命
拥有了超凡脱俗的禅意与豁达

十三

一个孩子哪怕走得再远也要回家
丹水曲里拐弯进入淅川境内
又掉转头，回到丹江口，入汉江
丹水之阳，古丹阳因此而名

“楚鬻熊居丹阳。”
作为楚国始都，丹阳一经命名
骨子里就有了龙气
弹奏出楚国八百年的序曲

“析阳郡有淅水”
淅水小名老鹳河，源出卢氏县

过黄沙五渡河，经西峡，至淅川县南入丹江
淅水与丹水交汇，是为丹淅
史记载：“大破楚师于丹淅”
两水交汇，积百里平川，今名淅川

两水交汇，黄河汉水文明碰撞
让楚文化的天空火花四射
屈原、范蠡、范晔、范缜……
一个个顶天立地的名字
与淅川博物馆那尊长满铜绿的
王子午鼎，一起构成古丹阳深邃的内涵

当我溯水而上至离襄阳最近的水域
试图勘破丹江水库镜子般的水面时
这座500年的古城与均州古城、郧阳府城
睡着了，没有一点呼噜声
她低头不语，仿佛不曾来过繁华的世间
就像多年前我的奶奶说走就走了
只剩下南山岗坡上的一丛荒草

十四

汉水自兹去
站在淅川九重镇陶岔渠首
举重若轻的提水闸安稳如山

一抬手，滚滚清流一路北上
一路风尘仆仆，一路润泽苍生

汉水自兹去
自西向东的亿万年流向
在陶岔，却一分为二
一部分沿着自己本来的道路
“逶逶迤迤志必东兮”，继续东进
一部分挥师北上，开疆拓土

汉水自兹去
自 2014 年 12 月 12 日首次开闸送水
陶岔，站成了汉水的守望者
她替出嫁的女儿担心和高兴
她守着细细的水声，仿佛就守住了家

汉水自兹去
一头连着汉江，一头连着万千家的水龙头
人间烟火在一道道水声中跳跃
有了水，就有了万家灯火
有了水，日子就脆生生起来

汉水自兹去
“中线渠首”褐红色巨石上长出的
一条弯弯曲曲的纹路，恰似

汉水北上的路线
在一片龟甲上昭示了汉水的命运
当它从汉水中露出天机的那一刻
注定成为一条运河的图腾

十五

从 2014 年 12 月 12 日至 2021 年 10 月
累计向北方调水 425 亿立方米
相当于超过 2990 个西湖的水量
7900 万人口直接受益
这些还在不断攀升的坐标线
不断拉高着我们仰望的视角

上善若水。水善利万物而不争。
河有岸，水无岸
汉水用自己的无边无涯
喂养游鱼，喂养飞鸟，喂养人间
把生命喂养的壮壮阔阔

十六

吃水不忘挖井人
更不能忘背井离乡的人
水位每抬高一次，人就往高处搬一次

水一涨再涨，人一让再让
从山洼到平原，从山腰到山顶
最终不得不抛家舍业，叩头作别

站在移民丰碑棱角分明的雕塑前
一组组移民搬迁的数据惊雷般炸响
1958 至 1980 年，淅川郧县均县郧西 48 万余人
肩挑人扛，赶猪牵羊，跋山涉水，南下北上
2009 至 2011 年，十堰淅川再次移民 27 万余人
公路铁路，车载货运，南下北上
行进的方式变了
一串串离乡的眼泪没有变

站着说话不腰疼：
没有苦哪来甜
百万移民的苦，换来了上亿人的甜
不能用数学符号来计算和衡量
家园与故土的分量
每个家里，都住着一个个鲜活的人
每一个人的苦都是苦
那些为了别人甜而自己受苦的人
才是行走在世上的真佛

十七

“金窝银窝，舍不得自己的狗窝。”
窝再小，也是天
窝再小，也装得下父母和孩子
窝再小，也装得下乡愁与炊烟

中国人恋家，恋自己生长的小山村
生下来，骨子里就打上了烙印
像候鸟，即便飞得再远也要回家
比如春运

有时候我们不得不一次次迁徙
为了寻找更丰茂的水草和食物
但到了季节，哪怕再远也要回家
如今的家，却淹没在水下

如今的家，再也回不去了
它们变成汤汤汉水下的一粒沙子
在梦里一次次思故乡
站在异乡的土地上一次次回望

站在他乡望故乡，望着回不去的故乡
两眼泪汪汪。他们泪流成河，汇入汉江

这样，他们就和汉水融化在了一起
也就和故乡融化在了一起

十八

再到祖坟上三炷香，供几个馒头几个苹果
再到地里抓一把土，塞进腰包
再到村前屋后看一眼，烙进心底
猛转身，再也不敢回头
生怕土里传来颤颤的一声呼唤

舍小家为大家
小家也是家。为了更多的小家
一个个小家像蒲公英，风一吹
就离开了祖祖辈辈扎根的土壤

人挪活，树挪死。
人是一种有故乡的植物
每挪一回，灵魂就出窍一次
每挪一回，精神就分裂一次
每挪一回，那些扎在土里的根系就断裂一部分
需要很多年，才能重新蓬勃起来

十九

很多年前，我们村庄来了几户人家
操持与我们不同的方言
他们把日子过得像绣花
不像我们襄北人大大咧咧
房前屋后，鸡飞狗跳，屎尿横流

一个每天把被子叠成方块的女人——
冬子说：“我们是老均县的人。”
年少不更事，不知道在哪里
现在还因为小，不知道在哪里
汤汤汉水淹没了他们微小的家

曾经的家越来越模糊
曾经的家越来越清晰

二十

流水不止，生命不息
一条河流，把人间喂养得红红火火
一条河流，把生活滋养得苍翠碧绿

南水北调，新中国建设史上又一壮举

为民族谋复兴，为人民谋幸福
共产党人，用穿透历史的眼光在中华大地上
筑起了一条水的长城
树起了一座永续发展的丰碑

二十一

吃水不忘移民人
每个夜晚，我都会站在汉江边
与一朵浪花对视，与一颗水珠密语
重温滚烫的记忆

汉水沉默不语，她们把话藏在水底
她们永远记得自己的疼痛
就像一个母亲永远记得孩子的生日
只要河流在，记忆就在

第七章：汉水明珠——湖北襄阳市

一

“城在襄水之阳，故曰襄阳，
是水当即襄水也。”
此襄水非彼襄水，并非襄阳段的汉水
她不过是汉水众多根系的一根根毛
秦巴余脉的山水顺山而下
在汉水右岸行走坐卧
一支流入鸭溪经檀溪入汉水
一支沿山脚而下自观音阁入汉水
因为沾染了山川的龙气
她奔流而下时就挟带了许多风雷气
为铁打的襄阳增添了更多钢铁气质

城因水名，水也因城名
襄水成了金光闪闪的汉字
高悬于襄阳时空下

成为身体里的基因
镌刻在岘山骨骼上
取一片敲之，“声闻十余里”
那是她藏在心里千万年才吟出来的诗
一开口，余音绕梁不绝

二

“汉之广矣，不可泳思。
江之永矣，不可方思。”
以前的汉水，浩大无边
一只小木筏和旧光阴无法渡过
又没有一苇渡江的本领
于是，年轻汉子踮脚看着汉水南岸的女神
可望而不可即，只得苦苦兴叹
辗转反侧，夜不能寐

一条汉江，让多少爱情如水中的月亮

如今的汉江，一座座桥梁跨江而过
天堑变通途
剩下几艘灯光通明的游轮画舫
刚一出发，就靠了岸
这让人一度怀疑诗人的夸张与想象

汉江还是汉江
发展和眼界缩小了距离
一条汉江已无法阻挡爱情的脚步
更无法阻挡她的世俗与速朽

当越来越快的脚步追赶越来越快的时代
踩碎了浪漫的诗意和毛驴慢骑的
最后一点闲适与不羁

“从前的时光很慢”
慢到要靠回忆，才能找回从前

三

解剖一条河流，习惯于把她切块、分段
就像刀拍黄瓜，切段，拍碎
然后，撒上盐、葱花、醋和白糖
再淋上几滴小磨油
才能品咂出她内在的滋味

如果把汉江襄阳段195公里的水面切开
老河口谷城为一段，襄阳市区为一段
宜城为一段
上游水势浩大，市区微波荡漾，宜城动静相宜
三地的乡音恰恰成为注脚：

河谷声音浑厚，市区不温不火，宜城尾音悠长
这忽然迸发的灵感
让我找到了河流文化的另一个方向
“一方水土养一方人”
养着养着，人越来越像一条河流
人早已变成了
河流的一个影子

四

“东北百里，曰荆山，其阴多铁，
其阳多赤金……”
荆山腹藏铜铁，也藏锋芒与宏图
楚先民把家国天下藏在这里
蓬蓬勃勃的荆条与树木遮蔽了
霸业与雄心，也遮蔽了敌意
伐荆，伐檀，伐木丁丁
楚先民，在荆山的怀抱里一点点积蓄力量
积蓄开疆拓土的胸怀与底气
当身体里蓄满了粮草与胆识
挥戈而下，出山入川
下宜城，进荆州，出湖北，入湖南
不飞则已，一飞冲天；不鸣则已，一鸣惊人
直至问鼎中原，问鼎天下

蓄于荆山，涵于汉水
一山一水，养育了楚国八百年风云
山的刚，水的柔，一刚一柔
成为荆楚文化圆融天下的气质与内涵

剥开荆楚文化的外壳，一根根荆条迎风而立
它坚韧，细密，不怕旱，不怕淹，不怕瘠薄
它把根扎在哪儿，哪儿就是家
哪儿就是天下

“中次八经荆山之首，曰景山……睢水出焉
东南流注于江……”
“东北百里，曰荆山……漳水出焉，
而东南流注于睢……”
“漳水……东至江陵入阳水，阳水入沔。”
“沮水……东南流，注入沔江。”
很久很久以前，源于景山荆山的沮漳二水
全部注入汉江

沧海桑田，沮漳二水分野
二水入长江
汉江最终入长江，再次合二为一
水，自从作为水的那一刻起
身体里早已容纳了山川万物
容纳了天地宇宙，容纳了自己

提起楚国，楚文化，往往容易想到
山，荆山。鸟，九头鸟。却忘记了水
一些陡峭的事物总是让人牵肠挂肚
一些神秘无稽的事物总是让人膜拜
那些不离不弃的事物却不被人记起
除了水，还有阳光、空气、大地与星空

五

沔水“又东南过酂县之西南”
“县治故城，南临沔水，谓之酂头。
汉高帝五年，封萧何为侯国也。”
酂县、乾德县、光化，这些名字是
老河口的上游
当年，欧阳修一骑来乾德
修堰浇地、祭文祈雨、兴礼治学
让黄土地迸发了文明之光

当汉水从丹江大坝上以飞流三千丈的
姿态，一头扎进老河口境内
还有些气喘吁吁
幸亏有了宽广深厚的黄土岗地
消解和容纳了她胸中不平之气

如果说丹江口大坝拉长了汉水的星轨
形成了“小太洋”的风光
那么，老河口王甫洲水电站再次让汉水
回头。那一汪碧水是她明亮的眼睛
有了这双眼睛，老河口灵气四溢
在她深情注视下，桃花开满了山岗
梨花开满了沙洲，笑脸开满了大地

“天下十八口，数了汉口数河口。”
汉水的每一次停顿
那些南来北往的客商便会上岸歇脚
他们把远方的货物捎来
再把本地的货物捎走
一来一去，一往一返，一上一下
一座水边之城拔地而起

水能载舟，更能载货，载来
藏在深山老林的物产与秘密
载来“乃不知有汉”的消息
让一双三寸小脚，走出荒芜
走出石径斜的寒山和远处的远处
走着走着，脚步就大起来
走着走着，天地就小起来

一大一小，源于水的馈赠与承载

源于更多更远更高的唤醒与行走

六

“粉水出房陵县，东流过郢邑南，
又东过谷邑南，东入于沔。”
“粉水导源东流……取此水以渍粉，则皓耀鲜洁，
有异众流，故县、水取名焉。”
粉清河，进入谷城境内时与马栏河
合二为一，成就了宽阔清澈的南河
然后，一路迈着方步进入汉江
南河走过的地方：
水草丰茂，树木葳蕤，水鸟咸集
尝百草教先民的神农氏慕名而来
在河流四周教人取水灌溉植五谷
当谷子的根系深深扎进大地时
当丰收爬满一张张笑脸时
一个感恩的名字脱口而出：谷城

一个深怀感恩的城市哪怕再小
也值得让人尊敬和喜欢

七

“沔水又东迳隆中，历孔明旧宅北。

亮语刘禅云：先帝顾臣于草庐之中……
即此宅也。”《水经注》为沔水的注释
无意间止息了一场
诸葛亮躬耕南阳还是襄阳的争讼
智慧如妖的孔明还是料事不如神
否则，当年他在《出师表》里就会写道：
“臣本布衣，躬耕于南阳郡之隆中。”
可惜了黄月英赠送的一把羽毛扇
没有算到世道与人心
让后人浪费了多少口舌与笔墨

八

杜预大约不会想到
当年那两通沉入万山潭和岘山脚下
汉水中记载功名的石碑
一块儿也没有找到
幸好没有找到
我宁愿相信这两通碑是虚构的
这样，纪念他时就更加理直气壮
可惜他的后人杜甫老先生不通人事地说：
“吾家碑不昧，王氏井依然。”

自己没有刻碑的羊祜大将军
反倒被人刻碑反复纪念

“羊公碑尚在，读罢泪沾襟。”

流自心中的泪才是对先贤最好的怀念

其实，杜元凯也是心急了点
他的功名本不用立碑
他守护的襄阳百姓早已把碑立在心上
可惜画蛇添足，悔了一世英名
“元凯好尚后名”，一句定语
让他的脸上落满了灰尘

九

“过万山以左回兮，旋襄阳而南萦。”
汉江走到襄阳境内突然侧身
由西北折向东南，这一转身
宛如神祇，汉水女神临世
或者从敦煌壁画上飘然而出的仙女
一只袖子向西，一只袖子向东南
小蛮腰侧向岘山
鱼梁洲恰似头颅，那些密集的
白杨树林，则是一头秀发
当我凝望襄阳地图上的汉水模样时
看到一位神女轻舒广袖，袅袅娜娜

"汉有游女，不可求思。"
诗经里的那位神女，是那么美丽温婉
怎么不让人心动？
求而不得，怎么不令人心痛？
幸好还有一位名叫郑交甫的书生
一见倾心，得以开笑颜
可惜，故事到了这里却出现了偏差
神女解佩，终究黄粱一梦
书生和美女，并没有成为金玉良缘
好在留下了一个传说与想象
留下了一个穿天节
成为中国情人节的源头
为日渐稀薄的爱情找到了一顶皇冠

"弄珠滩上欲销魂，独把离怀寄酒樽。"
让多少文人墨客空惆怅
红袖添香，佳偶天成
花好月圆的故事无非是读书人
为自己找回的一点微薄安慰与脸面

"汉江一带碧流长，两岸春风起绿杨。
借问胶船何处没，欲停兰棹祀昭王。"
胡曾算得上是一个直肠子了
看到汉水时，不去想象女神的美貌
偏偏要探究二妃落水的原因

也算是个奇人了

也许是神女护佑，汉江风平浪静
鲜有怒发冲冠时
唯有一次例外
“民国 24 年发大水，死了好多人”
爷爷生前曾感慨回忆，
“浑水滚滚像龙王翻身！”
为汉水勾勒了另一副模样

十

写到流水，就必须写到她的堤岸
堤岸，是水的规矩制度，水的条条框框
一边保护着流水，让她集中精力奔向远方
一边限制着流水，让她不能随心所欲地奔跑
于是，河流与堤岸
一边冲突，一边调和；一边战争，一边谈和
谈不拢的时候，就改道另行
谈得拢的时候，就相安无事

过了万山，就可以看到一道高出水面的堤
老龙堤。这道嘉靖三十年新修的东西二堤之一
东曰长门堤，西曰老龙堤
传说修建此堤时有神龙现身

"取草曲折之形以授之"
于是大堤得以永固

"大堤行乐处，车马相驰突。"
"酒旗相望大堤头，堤下连樯堤上楼。"
孟浩然李白白居易皮日休岑参李贺……
当年，诗人们站在大堤上踏春喝酒
让襄阳大堤成为一道诗歌之堤
然而，此大堤并非如今的老龙堤
《襄阳府志》载：
"唐朝神龙元年，汉阳王张柬之守乡郡，
汉水啮城。乃垒为堤……拜卢钧为节度，
加筑堤六千步……即唐人所称大堤也。"

环绕襄阳古城的大堤
一边护佑了城池安宁
一边为诗人创造了临水而歌的意境
多亏了这道大堤
不然，襄阳就少了许多诗意与春风

十一

"沔水又东合檀溪水，水出县西柳子山下，
东为鸭湖……"
当年，走投无路的刘备从宴席上策马西逃

陷于檀溪水中
评书中说：说时迟，那时快
的卢马一跃出檀溪
一条檀溪挡住了阴谋和追兵
刘先生才得以苟全性命于乱世
出襄阳，过万山，经隆中，到南漳
才得以在水镜先生的指点下
三顾茅庐请到了诸葛亮
开启了三分天下的霸业

追根溯源，你方唱罢我登场乱哄哄的三国
与一匹神马有关
更与一条溪有关
有时候，历史总是充满着吊诡与奇妙
一条溪与一匹马，意外决定了
历史的转折与走向

十二

“仲山甫之德，柔嘉维则。
令仪令色，小心翼翼。”
“樊，仲山甫所封也。”
“王命仲山甫，城彼东方。”
襄阳，由此开启了2800余年建城史的序幕
从此，这座七省通衢的要隘

南船北马、承东启西的机枢
烽烟滚滚，铁骑浩浩，箭矢霍霍
水淹七军只不过是其中的一个章节
关二爷的刀，在是非曲直里发出幽冷的光
更多的章节被时光湮灭
只剩下漫漶不清的传说如风一般呜咽
只剩下赤诚与忠勇在血液中滚烫
只剩下伤痕累累的城墙发出青铜般的光芒

走在定中门和屏襄门苍老的城门洞里
走在陈老巷幽深光滑的石板上
走在柜子城残存的青砖夯土上
不敢高声语，恐怕搅动一阵风
惊醒地下沉睡的英灵

十三

住在襄水边的米襄阳
身体里天然比别人多了一些灵动飘渺
那是来自汉江氤氲蒸腾的水汽
那是来自岘山青苍厚实的墨意
这些山与水在一方砚台里不断发酵酝酿
终于在一次酒后醉倒在纸上
“米点山水”的笔意如一道闪电划开
死气沉沉的天空

中国画由此开创一个新疆域
也为西洋画增添了一种新技法
一笔涂抹，让他站成书画的巅峰
至今背影高绝

“因为山就在那里”

天朗气清
他用汉水把一支羊毫洗了又洗
直到把身上的尘垢洗净
一篇洋洋洒洒的《研山铭》落满雪白的
宣纸，那些游龙般的字哪里是墨
分明是汉水里一朵朵盛开的浪花

更多的时候，他在庭院里晒着太阳
一边品茶，一边把玩几粒
从汉江水底淘洗出来的石头
“瘦皱漏透”，突然间，几个字符从天而降
定义了赏石的标准
“赏石的鼻祖”不过是闲暇时的一段插曲
拜石称兄，不过是为这段插曲添几笔高音

“宋四大家”，不过浮云而已
“襄阳米颠”，才是最好的褒奖
一个“颠”字，几人做到？

返璞归真顺心意，自由澄明任我行。
如是，人生也算是到达极致了吧？

十四

“刳木为舟，剡木为楫。”
汉水先民用一条小舟延伸了
自己的手臂与足迹
展开对世界的探索与发现
（哥伦布不过是有样学样而已）
从此，千里汉江变商道
开启了货通天下的商业时代
沟通南北，串连长江黄河

当年，张九龄喝着襄阳温润的应时黄酒
醉眼迷蒙地感慨：
“江汉间，州以十数，而襄阳为大。”
商业兴旺，城市地位水涨船高
“以天下言之，则重在襄阳。”
商家必争之地变成兵家必争之地
滚滚狼烟，被岘山挡在荆襄古道之外
一只苍鹰，孤悬于高天之上

“下马襄阳郡，移舟汉阳驿。”
从南方到东都洛阳和京城长安

须坐船至襄阳换乘骑马
从北方到江浙湖广
须骑马至襄阳换乘坐船
“南船北马”——
一条汉江，让襄阳成为车马时代的关节

天下客贾、贩夫走卒、达官贵胄、文人墨客
丫鬟小姐、挑客纤夫，在汉江边擦肩而过
或擦出了火花，或擦出了“倒著还骑马”的酒意
或擦出了“主人下马客在船”的诗境

“商贾连樯，列肆殷盛，客至如林。”
史载：汉江上航运船只 5 万余，船工 40 万人……
众多客商沿江而居
3 公里的风情商业街演绎众多传奇
11 个省商帮，在河街上建起 21 座会馆
客居、经商、喝酒、看戏、聊女人……
不经意间，南来北往的文化悄然融合
至今，襄阳人一张口，乡音里
既有北方的豪爽，又有南方的柔婉
就像古城墙的厚重，护城河水的柔美
就像牛杂面的辛辣，应时黄酒的回甘
一南一北，一东一西
一个“融”字，成为襄阳文化的精髓

行走在樊城九街十八巷
总有阵阵涛声与船工号子在青砖灰瓦上
乒乒乓乓地回响
就像陈老巷门口晒太阳老人的冗长回忆
它们是一长串的名字：
山陕会馆、抚州会馆、黄州会馆、小江西会馆、
江苏会馆、中州会馆、江西会馆、湖南会馆、
四川会馆、浙江会馆、福建会馆、怀庆会馆、
韩城会馆、徽州会馆、歙县会馆、泾县会馆、
齐安书院、汉阳会馆、武昌会馆、楸子会馆、
独桅子会馆……
与这些会馆遥相呼应与唱和的是一座座码头
它们的阵容同样盛大：
火星观码头、千福码头、大码头、龙子口码头、
河南馆码头、公馆门码头、林家巷码头、左家巷码头、
杨家巷码头、邵家巷码头、晏公庙码头、余家巷码头、
官码头、占吉庙码头、五显庙码头、回龙寺码头、
汉阳码头、基峨巷码头、湖南馆码头、马道口码头、
梯子口码头、迎旭门码头……
22 座码头在汉水左岸摆开龙门阵
吞吐货物，吞吐信息，吞吐方言
它们一握手，就是整个中国
它们一抱拳，就是银货两讫
它们一交谈，就是汉风浩荡，商行天下

十五

河流是多变的
三十年河东，四十年河西
再过三十年，险滩变平湖
成了平湖，河流就被牢牢地拴在地图上
按照别人的规矩活着

其实，我更喜欢一条河流是多变的
有急流，有险滩，有平静，也有狂欢
一条自由不羁的河流
才让我们心生敬畏

“襄阳是个排，只怕篙桨来。”
过去的汉江，风高浪急心气高
把襄阳地底淘洗一空
幸亏大禹治水时路过襄阳看破天机
从天宫借来一块神排
把襄阳安放在神排上
摘下头盔，化作了城南的铁帽山
一绺黑发化作长绳
把神排拴在铁帽山上
才有了万世的安澜

那些光怪陆离的传说和《黑暗传》一样
补齐了河流最初的部分

十六

“汉水以为池，荡荡本天堑。”
“岘山亘其南，汉水如带萦乎东北”
一条汉江绕古城，一列山系凭其障
东南西三面护城河的拱卫
共同铸就了铁打的襄阳城

邓巴之战，开启了楚国问鼎中原的大门
“一个半人”引发的一场战争
让韩夫人的目光穿越时空
宋蒙之战，一座城阻滞了成吉思汗的铁骑
改变了世界历史的版图
也让金庸先生妙笔生花了郭靖黄蓉守襄阳的
故事，还有“我叫郭襄，襄阳的襄。”
“侠之大者，为国为民。”
为襄阳赢得了侠义之城的声名

侠义的背后
是战争的暗黑漩涡
是白骨累累前赴后继的死亡
是我不入地狱谁入地狱的悲壮

是马革裹尸还的一去不复返
是英雄的一滴清长的泪

“守取在人谋”
再厚的城墙，再宽的护城河
也挡不住铺天盖地的枪炮
更挡不住民心所向，人心所向
1948 年，当红旗
插上西门城墙一道小小的豁口上
历史的狼烟开始消散

阅读古城襄阳，千万块城砖是它的骨头
和简册。它用自己坚硬的身体抵挡箭矢
也抵挡寒风霜雪，抵挡岁月的侵蚀
它们把战火和烽烟刻在身上
它们把历史与兴衰刻在身上
它们把血与火的教训刻在身上
它们要让每一个走近的人都听见历史的回声：
远离战争，岁月方能静好

十七

“汉之广兮中有洲，洲如月兮水环流。”
一粒泥沙走到襄阳时被美景吸引
把身子沉下来，决定不走了

更多的泥沙见了，也不走了
他们抱团旅游参观
时间久了，就长成了一方绿洲：鱼梁洲
据说，神农氏的妹妹玉娘在此教人种菜
因名玉娘洲，又名月洲、大河洲、无浪洲……
浪漫的传说不过是来自草根的想象
唯一可以考证的是鱼梁坪的萝卜
掉在地上可以摔八瓣，汁水四射
一下子让生活脆生生起来

“山寺钟鸣昼已昏，鱼梁渡头争渡喧。”
是不是舍不得这热闹的一幕
孟夫子才把家安在了不远处的涧南园？
“庞公却辟刘表，知其不足与为。”
把家安在鱼梁洲的庞德公
未必想真的一辈子隐逸
他只不过没有碰到知己而已
等到日子一天天老去，他才把自己藏到
山的深处，藏成了“鹿门三高士”的风骨
没有人知道他心中的家国天下

十八

“世难愁归路，家贫缓葬期。”
身为盐铁判官的张继穷得死后

连安葬费都没有
穷得只剩下两袖清风和诗了
连诗也是穷的
别人的诗篇动辄数百上千篇
他的只不过一卷 39 首
不过，这也就足够了
他甚至只需要一首，一首
《枫桥夜泊》就足够了

“故园荒岘曲，旅榇寄天涯。”
他穷得连家也是荒芜的
只有水是浩大无涯的
只有岘山是高大巍峨的

也幸好一座山，一条江
抚慰了他“调与时人背”的清骨
让他开成了一枝绝世的青莲

十九

山环水绕，依山傍水，山清水秀
山与水就像一对前世的恋人
从生到死不离不弃
在汉水襄阳段，有众山环列：
隆中山、万山、乐山、柳子山、虎头山、

凤凰山、真武山、龟山、襄山、望楚山、
谷隐山、白马山、铁帽山、岘山、鹿门山、
霸王山……这些山列坐在汉水周围
宠着手心里的宝
岘山是其中最坚硬的一座
它用自己骨头，阻挡了一次又一次战争
鹿门山是最富有诗意的一座
孟夫子睡意蒙眬地说：“春眠不觉晓”
曾巩站在山顶吟唱：
“不踏苏岭石，虚作襄阳行。”
还有更多的诗刻在石头和唐朝
让一座座山长满了仙气和灵气
吸一口，满腹都是平平仄仄

二十

襄阳花红
一盏盏挂在襄阳大地上的小灯笼
一度照亮了贫穷与饥饿的人间
让土地生长出无边的诗意与丰收
让寡淡的滋味变得酸甜多汁

当年，传递消息的汉水比快马加鞭还要快
襄阳花红七八成熟时，折下三五枝条
抛入汉江，这些枝条顺水而下

漂到哪里，就把成熟的消息带到哪里
沿岸的商贩从水里捞起消息后
骑马乘舟至襄阳
将一颗颗粉红的小苹果销往各地

一颗襄阳花红，见证了营销奇迹与群众智慧

如今，襄阳花红已经销声匿迹多年
空余一条红花园路陷入无边的寂寞
她在等一个叫伯乐的人前来认领

二十一

“楚人汲汉水，酿酒古宜城。
春风吹酒熟，犹似汉江清。”
汉水流过宜城时，急脾气收敛了很多
性味愈来愈冲淡悠长
正好用来酿造一坛好酒——
宜城竹叶酒
醉倒一拨又一拨的文人墨客
把一缕缕酒香烙印在诗词曲赋里
至今还飘散在宜城的大街小巷里

夏日傍晚，在宜城街头随遇而安
就几只宜城大虾、盘鳝、筒子骨下酒

酒至微醺时
随口都能蹦出几句指点江山的诗句
那是当年诗人醉酒后遗落的汉字

当年，荆州牧刘表把一张办公桌搬到
襄阳城时，那些全国各地的富豪贵族
把家搬迁至襄阳至宜城的路两旁
冠盖十里遮云天
不就是看上了一杯酒和没有战争的日子？

昔日的繁华富贵终究抵不过岁月的风沙
冠盖里、宜城驿、百里长渠
就连楚皇城的宫殿也不过剩下了几片
残砖碎瓦，在博物馆中沉睡
还好，有一缕酒香
为宜城留下了不灭的烟火和骨子里的
一股豪气，被宋玉的《风赋》吹到哪里
就在哪里落地生根
随便往哪儿一站，都能长出
辽阔深邃的皇皇气象

二十二

三千里汉江养育了一座座城市与烟火
这些城市星辰一般分列在汉水两岸

襄阳是其中最闪亮璀璨的一颗
把一条汉江变成了天上银河

那些生活其中如蚁一般的人们
不过是一尾尾游上岸的鱼
他们恋爱，结婚，生子，老去
一次次喝着汉水长大
又一次次把自己还给汉水
这就像一滴水的转世
从地下到天上，从天上再到地下
一眼生，一眼灭；一花开，一花落
生命，不过是一个过程
活着，就要好好活着

二十三

作为一本诗集中最浓墨重彩的部分
我的语词在面对家乡时本该风风火火
激动万分，一个接一个像出膛子弹
仿佛只有这样，才能对得起我生活了五十年的
土地与河流。
也许是因为爱得太深沉，所有的表达
面对故乡时，都变得苍白无力
甚至面黄肌瘦。所有的字、词和句子
都变得失去了活力，甚至面目可憎

因为我知道，我早已把汉水藏在了身体中
最隐秘的地方，我想就这样陪着她一起变老
一起轮回。
那些词语所营造的意境和意象
因为知道了我的想法
也藏起了身子
就像童年捉迷藏时一个人
躲在麦秸垛里。藏着藏着就睡着了
是的，她们睡着了
正等待着被唤醒

第八章：三阳开泰
——湖北襄阳市、河南南阳市与洛阳市

一

白河，古称淯水
“淯者，育也，生养，生育。”
“水者，何也，万物之本原也。”
一滴水，养育万物，养育人间
一滴水，让星空不再寂寞，让地球从此伟大
探源淯水，会让你更加接近水的本质
一滴水，便是生命的全部奥秘

沿着一滴水而上
有猿人仰天长啸
有盘古开天后羿射日
有石头撞出星星之火
有刀耕火种启幕人烟

一滴水，容纳了尘世，也容纳了我们的

卑微、裸体与丑陋

二

“淯水出弘农卢氏县支离山，
东南过南阳西鄂县西北……
又南过新野县西，南过邓县东，南入与沔。”

2023 年初夏，顺着唐白河心脏跳动的声音
来到白河出生的地方
伏牛山巨大的阴影宛如子宫
白河分娩的声音从云端落下来时
上庄坪村支部书记李东奇指着远处的群山说：
“那两座山，一座叫大光石脑，一座叫小光石脑，
你们看像不像人脑袋？”
光秃秃的山顶，没有树，没有鸟，只有风声水声
盘旋而下。纸上得来终觉浅。
那一刻，我才知道
自己的浅薄，比一片风还薄

三

从半山腰一点点挤出来
到了山脚下时
纵身一跃，势能转化成动能

把坚硬的巨石和泥土
凿开一汪日渐向下延伸的
深潭。一股细泉由此改变身材和模样
潭，是河流亮晶晶的大眼睛
那些周边的树木是她的长睫毛
有了这颗明亮的眼睛
万年沉睡的伏牛山生动起来

居高力自足。
河流最初的样子虽然细小
却借助粉身碎骨浑不怕的勇气
和千凿万穿的水磨功夫
生生把大地凿出一个窟窿
正是这股绵绵不绝的恒心
——才成为人间不竭的泉和寓言

四

当白河镇从群山的怀抱中醒来时
龙王庙不大的院内已蓄满阳光
这个清晨爬山时不期而遇的小庙
竟然冥冥之中与襄阳发生了关联
相传，庙前一棵桦栎树上曾长出了柏树枝
皆因当年，刘秀的白马偷吃了桦栎树的枝叶
“我马儿吃了你一枝，来年还你百枝！”

金口玉言下，桦栎树上竟然长出了柏（百）树枝
让帝王的一诺，绽放出神性光芒

作为一名农校毕业的学生
我清楚地知植物的分类
桦栎树与柏树分属不同的目、科、属、种
这种违背常识的传说来自众生
发自内心的喜欢与膜拜

虚构中的神树早已毁于战火
却在老百姓的讲述中一次次重生
抽枝展叶。
“举头三尺有神明”
长出柏枝的桦栎树是白河镇头顶的神
让庙门前那棵年轻的柏树
成了一尊在世的佛
替它的祖先享受人间的香火

五

“便下襄阳向洛阳”

地处洛水之阳的洛阳
因为一条河流，让襄阳娃子杜甫
坐船经过襄阳时，顾不上看一眼

万山下自家祖辈的宅院
便逆水北上急切切地奔向洛阳
这一次错过，竟然成了永别

有的时候，错过不是因为慢
而是总以为“还有下一次”

直到多年后，他的灵柩经过襄阳时
才把衣冠葬在了岘山

——他要遥遥地守着心中的家

六

在方城县拐河镇牛心山下
一汪青黑的深潭沉默着
她用自己的沉默反思一条黑龙的罪与罚
——黑龙潭，她比不远处的白龙更幸运
因为没有给过路的道士一碗水，丢掉了
头颅和人间的供奉

当我们在黑龙潭下洗净一路风尘
以为找到唐河支流潘河源时
路过的石门村支部书记赵国富说：
潘河源头在山的那一面——杨集镇黑龙泉

黑龙潭，黑龙泉，一字之差
差之百里，一水入淮河，一水入汉江
幸亏这位不期而遇的当地人
让我们避免了一场谬误与得意

沿着汉水行走
南辕北辙的事时有发生
一次次错误与纠正中
让我们发现了自己的无知与浅薄
更加坚信了亲近一条河流的初衷
在浩大的江水与高山面前
我们不过是黑夜中提着一豆萤火的
探路者

七

南河口，北河口，一清一浊两条河流
赵河与潘河，在芦苇与麦穗的见证下
在社旗县郝寨村的土地上拜堂成亲
她们翻滚，冲撞，融合——水乳交融
把初夏的天空擦拭得火热
由此往下，她们有了一个重生的名字
——唐河，因水贯古唐州而名，古称沘水
然后，一路奔向东南

八

且沿唐河到赊店

作为万里茶道上的一个重要节点
来自武夷山的茶叶，经羊楼洞到汉口
转道襄阳，再顺着汉水支流唐白河北上
到赊店，然后下船换马，一路向北
过张家口，抵达俄罗斯

一片叶子，让赊店古镇摆开七十二街
三十六条胡同。天罡地煞一百零八将
星罗棋布的背后
是一条河流的推波助澜

一片“神秘的东方树叶”
将襄阳、南阳、洛阳串成一条珍珠
照亮了旅行中的骆驼

九

一条出自洛阳的白河
一条出自南阳的唐河
两条河流隔空凝视

她们走过的地方
高山变峡谷，河流变平原，沧海变桑田
孕育出一块丰饶的盆地——南阳盆地
一粒金黄的小麦扎根其上
长成中原大粮仓

唐河与白河一路南下
在襄阳双沟镇龚家咀交汇
亦如，当初的赵河与潘河
她们再次用接纳与拥抱
丰润了自己的身体与血液

树高千尺不忘根
一条继承了两条河流基因的名字——
唐白河，再次证明了河流的胸怀与包容
即将见到自己的亲人，她们的声音
开始发颤，她们赶到张湾境内又接纳了
另一个兄弟，一支源自邓州的河流
小清河。最终完成了她融合的使命
三水合流，正好回应了分久必合的三国

十

唐白河，一头连南阳洛阳，一头入襄阳
一条河流，抱紧了南阳洛阳和襄阳

就像四通八达的根系
把脚下的泥土抱在一起成为堤成为岸
再大的雨水，也冲不垮

四年的叩拜，我和汉江早已融为一体
她四面八方的支流宛如手掌心
枝丫四散的纹路
一条生命线，一条爱情线，一条命运线
还有其他宇宙起源的猜想
在放大镜下一点点清晰

在这些纵横交错的蛛网中
我闭着眼，能摸到唐白河汇入汉江的节点
因为那里有我最初的羊水——小清河
作为汉水的一条小小支流
我的村庄，父母的村庄，祖先的村庄
一个小小的逗号点在河流中游的右岸
那是我萌芽的地方
这让我一出生，注定要与汉水发生关联

十一

多年前，当我独自流浪在南方的城市
一开口，掉在地上乒乒乓乓乱滚的方言
让街头的一个行人忽然伫立——

"河南老乡啊！"
那一刻，我意识到自己的另一重身份：
河南邻居，在浓淡相似的口音里早已混淆了
身份。辨别是无力的。
我也无法向一个主动表达热情与善意的
汉子，证实自己襄阳人的身份

身份证，不过是套在身体外面的另一个躯壳

那一刻，在邓县隔壁黄集镇工作的八年时光
在眼前走马灯似的闪现
一如那些高过天空与白云的椰子树
成为天空下唯一的色彩

十二

我对南阳最初的记忆来自爷爷奶奶的启蒙
"一点一横长，一撇到南阳，南阳两棵
木梓树，站在石头上。"
很多年前，爷爷赶着一头掉毛的老水牛拉着
石磨时，奶奶颤动着小脚一边扫一边说
"磨"。从那时起，"南阳"
与认字、成长、生命发生了摩擦
为什么一撇，不说到襄阳，却说到南阳？
是不是当时我们面朝太阳：

左手方位是南阳，右手方位是襄阳？
很多年后的一个夜晚，想到这个问题
奶奶那温暖的声音扑面而来
唤醒了我一度走丢的童年

磨。
是南阳刻在我童年记忆中的一个汉字
其实，更能代表南阳图腾的一个汉字是：
中！
中国中部，天下之中，中庸之道，中原大地……
就像汉水的“汉”字，一个“中”字
成为河南大地上最大的佛
从市井到庙堂，从早晨到夜晚
在一只粗瓷大碗中盛开如莲

我曾多次沿着唐白河的脉搏而上
到南阳境内寻寻觅觅
很长时间里都不知道我要寻找什么
有一瞬间，我确信听到了爷爷奶奶来自
天堂的旨意：找到那两棵木梓树
这两棵时而模糊时而清晰的树木生长的地方
没有明确的指向
这让我一度惴惴不安
我坚信，那两棵木梓树真的存在
就长在安放有石磨的村庄与小河旁

葳蕤地生长着，上面有一个硕大的鸟窝
窝里，有一只乌鸦，长着一双明亮的黑眼睛

十三

如果选择一种事物来表达襄阳与南阳的关系
汉水无疑是最好的符号
在上游，她分出自己的一部分
沿南水北调的线路而上
在中游，她又接纳来自唐白河的回馈
一进一出，一来一回
礼尚往来。一条河流在呼吸吐纳间
完成和升华了自己

十四

欢喜冤家，这个相对私密的词汇
用来定义襄阳南阳，也许相对恰当
与此相近还有一个俗语：
“打是亲骂是爱，不打不骂不相爱。”
方言解释：“见不得，离不得。”
物理解释：量子纠缠
文言解释：“剪不断，理还乱。”

因为一条河流，因为一块盆地，

因为一条地理上的通道，襄阳南阳
掰不开也扯不断
因为一个人，一个祖籍山东的名人
诸葛亮躬耕地，让两地暗相角力

其实，隆中八角井的经纬早已清晰
历史区划的疆域更是明白如画
谭其骧的定论更是公认
有人糊涂，更多人装糊涂
糊涂背后自有玄机与意图

作为一个诗人，我不想为这桩本来清晰的事物
增添几分混乱，我更愿意借一副对联表达自己的
立场：
“功在朝廷，原不分先主后主；
名高天下，何须辨襄阳南阳。”
襄阳南阳，很多年前都已被打碎和成泥
“我泥中有你，你泥中有我。”

十五

每条河流都是有记忆的
不像人，最容易忘本
当我在唐白河岸边追逐春风
习惯于抚摸那些柔软的柳枝

而选择性地忽视它们粗陋皴裂的干
它们内心的疤，多年前的暗伤

当年，沿岸小造纸厂污水滚滚而下
一浪高过一浪地淹没了水中的鱼虾
一浪高过一浪地淹没了村庄咳嗽声
一浪高过一浪地淹没了蓝天和白云
眼前利益所到之处，河水一退再退
树木一退再退，村庄一退再退，天空一退再退
退无可退的只有老人、孩子和古柳
独自守在日渐衰老的土地上
内视五脏六腑一天天枯萎与癌化
发出风箱拉扯般喑哑的叹息

这种以环境污染为代价换取的增长
不仅仅在唐白河上演
也在不同的江河湖泊上演
河流哭泣，大地开裂
树木死亡，候鸟迷向
一度让心灵沙化天空蒙尘

今天，当我们
徜徉在青山绿水间，徜徉在蓝天白云下
剥开一条河流的痛苦记忆和迷失的神经
会让我们更加清醒地活着

只有活着的河流与树木
才能让我们更好地活着

十六

为了拯救一条被污染的河流
拯救沿岸的青草、树木、蜜蜂和羊群
多年前，襄阳一名 8 岁小男孩稚嫩的书信
寄到河南省主政者的书案前
一声惊雷，叫醒了沉睡的姿态
从此，一条河流的真相徐徐揭开
枯萎的柳树重新发芽
死去的草根开始萌动

唐白河是幸运的
幸运的是遇到了一双明净眼睛的注视
幸运的是遇到了一个日渐觉醒的年代
她开始用雨水和泪水洗刷自己的委屈
她一遍遍冲洗自己，一遍遍换上干净衣服
她最终用水的流动与清澈
洗清了自己，洗蓝了天空，洗白了羊群

十七

检视一条河流的历史就是检视我们自己

检视我们的过去与未来
子曰：吾日三省吾身

几年前的一个冬季
当我从唐白河左岸的一个村庄经过时
恰巧一场大雪从天而降
让我枯竭的诗意找到了一个新的词语：
各扫门前雪。
明哲保身的哲学，借用一片雪来形容
只想用雪无边的白、盛大的白
来洗白内心的黑

雪可以扫，河流不行
因为你无法把一段流水切开
也无法把一条河流抱回自己的小家
一段河流的污染，就是一条河流的污染
再大的扫帚，也扫不干净一条变脏的河流
一个时间切片的污染，注定要用千百倍的时间
才能扫清和洗白
即便扫清和洗白，那些沉在水底的伤口
还会被不断地撕裂和绷开

十八

水是最有智慧的

她用自己的肚量
接纳过去、现在和将来
消解一切猜忌、嫉妒与仇恨

水是最坚韧的
她从天空中落下来那刻开始
就制定了自己的军规
只有奔走，才能活着

所以，作为汉水众多支流的一条
不管是曾经的混浊还是如今的清澈
不管是曾经的暴躁还是如今的温柔
汉水都毫不犹豫地接纳了她们
唐白河如此，丹水如此，涢水如此
还有更多叫不出名字的子子孙孙
汉水容纳她们时，就是容纳了自己

站在唐白河入汉江的水口
一边静止，一边流动
当奔腾最终归于静止时
你已无法分辨哪一滴水来自南阳还是襄阳
就像你无法分辨天空上的一颗颗星星属于
哪一个夜晚和仰望
就像你无法分辨身体里的自己
哪个是真哪个是假

十九

水纳百川，百川到海
到最后，所有的水都成为一体
所有的水都成了水
所有的水都遁入了空门
水还是水，水已不是水

——这是一条河流带给我们的禅机

第九章：汉水边的植物

一

人越活越回去了
这是我们襄阳农村的一句俗语
到了知天命年纪，偶然想到这句话
一道闪电剖开天空

我现在正是这种感觉
我越来越害怕面对熟悉的人
越接近，越怕失去
越疏远，越想接近
多年当记者的经历让我一度以为有些识人本领。但一次次背叛让我一次次开始怀疑人生。一如当年我扛着背包独自走进城市战战兢兢。如履薄冰。

如果说爱情是一把菜刀，

失恋时，最多伤些心和眼泪；
那么，友情就是一把刺刀，
背叛时，不仅伤筋动骨，而且断魂噬魄。
所以，我一直努力与人保持距离
想得到，更怕失去
所以，我更习惯于面对植物
习惯于用界、门、纲、目、科、属、种来分类
习惯于用根、茎、叶、花、果实、种子来解构
我熟悉很多植物就像熟悉自己的胎记
不需识图软件，一眼可辨

二

每天沿汉江行走
我熟悉很多汉江两岸的植物
槐树，柳树，泡桐，香樟，木梓树，构树……
有的坚硬，有的柔软，有的挺拔，有的弯曲
有的丛生，有的独立，有的高大，有的低矮
不管何种姿态，他们都努力把自己活成
一棵树的模样。永远向光、向上

“人活在世上都是兄弟”
我愿意把我认识的一些兄弟
比作植物，这样看上去
他们就会永远青葱，不怕衰老和疾病

他们会永远守在那里，不停向上生长

三

沿汉水而上，我结识了很多兄弟
这些兄弟像植物一样摇曳在浩荡的汉风里

丁小村，张虹，小洛，王良，王化斌，周文治……
这些生长在汉水边的植物
有着各自的年轮和木质层
有着各自的气味和叶绿素
沿着表皮韧皮部形成层一路向下
走进一圈圈涟漪的内心
便会看到一尊尊高贵的神灵

四

小村像一棵榕树，独木成林
小村的树林很大，小村的村庄更大
他的村庄里
不仅住着日常，还住着尊严与坚守
住着一点羞涩，对，如果你用羞涩形容一个男人
那紧裹着的内心
一定有一颗不为人知的深井
他说："写作，让我们抵抗遗忘。"

想记住别人遗忘的，忘记别人想记住的
这是小村的梦想，更是他丰满村庄隐秘的一角

我其实不愿意用一棵秀气的树来形容一个男人
特别是形容一个年轻的男人
就像站在汉中二道河的分汊处，一个方向往左
另一个方向往右，不管左还是右
最终汇合的河流叫玉带河
如果再向下，学名叫汉江
这个年轻兄弟叫王化斌
腼腆、挺拔、安静、认真
他站在汉水边上时，像一棵
正看自己倒影的水杉树

在安康市一条比历史还深的街道中
在据说被偶尔不羁的汉水淹没的
一九八三年的一抹浅浅的痕迹处
古街依旧，市井灿然，植物蓬勃
张虹大姐——娴静地坐在一间老房子里
宛如汉江里一块温润的玉
一如她的小说，雨后惊鸿
那只不过是不经意间的一道
最美的还是雨过天晴云破处的那抹蓝
如果要找到一棵适合她的树来作比喻
月桂内敛的香气才配得上她的气质

小洛很小，比我小一个年代
小洛很大，她的内心装着两条河流
一条诗歌的河流，一条石头的河流
她一边在汉江边写诗，一边在石头上绘画
她写着写着就把自己写成了一首诗
她画着画着就把自己变成了一幅画
近读诗，远赏画，很容易迷失自我
如果忘掉年龄，再加上性别
我想搂着她的肩说，除了诗酒画
还有新闻与转折，还有一颗
沉入水底的圆润之心
如果找到一棵具备这么多优良品质的树
来衬托，我觉得用鸽子树还算恰当
看见那些飞翔的花朵，就像看见她飞翔的翅膀

面对杨常军，不由得会想到黄土的厚实
几个白描般的细节至今鲜活
当我们到达安康时，他招手的那一刻
当我们离开安康时，他挥手的那一刻
当我们在安康一家小酒馆，他举杯的那一刻
且把安康当襄阳，异乡也是家乡
是的，这个男人的手就那么高高地举着
让我们看到家乡的模样
想到家乡，我觉得他就是一棵石榴树的模样

在庭院里，开着一粒粒热烈火红的花朵

王良无疑是一棵笔直的青桐
长着一颗笔直的心
喜笑形于色，他像汉江河堤上一块棱角分明的石头
刀削斧凿，真实，充满着力量与美感
看到他，就会想到商洛这个地方的文学
为什么这块小小的土地上盛开了大片大片
花朵，结出了大颗大粒的粮食

听周文治说话时得用十二分气力
这个乡音浓重的汉子
朴实得像一棵商洛田边地头随处可见的柿子树
灰扑扑的枝干里
长着一腔火热
那些秋霜中挂在枝头的果子
红彤彤的，是他送给深秋的礼物

当陈年喜坐在对面安静地讲话时
没想到这个“身体里有炸药三吨”的瘦高男人
静如水，大约在“五千米深处打发中年”久了
轻易不出口，一出口都是岩石中最坚硬的部分
其实，我更喜欢这个男人起初的部分
他说：“人活在哪里都是一阵风”
是的，我们终究都是一阵风，不同的是

有的在春天吹，有的在冬天吹，他在地底吹
那声响，带着沉重，“最后吹到比雪更远的地方”
静如松。一棵外皮龟裂内心冷香的树
只有站在群山中的松树，最适合此时的他

五

在汉水行走中，我遇见过很多种植物
有的熟悉，有的似曾相识，有的陌生
有的走着走着就走远了
有的走着走着就亲近了
这些都是早已注定的结局——
物以类聚，人以群分。
就像夜空中的那些亮闪闪的星星
它们都有自己的轨道，流星也是
牛郎织女星也是

沿着这些植物的主干向下
她们的根系
一半扎在秦岭巴山深厚的土层中
一半扎在温润澄碧的汉水中
一半狂放，一半婉约
一半火热，一半恬静

六

想到南水北调，就会想到丹江
就会想起一个高高大大的汉子：高飞
这个正在天堂大块吃肉大碗喝酒的男人
我在键盘上敲下他的名字时，他一定会
有所感应。也许他现在正驾着一朵白云
在春风里看我
和他相识在一朵荷花里，那时节
谷城、老河口、丹江三县文友醉倒
在一片盛满阳光的荷花里
他黑红的脸膛，笑得比荷花还灿烂
和他熟悉在一棵橘树下，那时节
谷城老河口丹江襄州枣阳等地更多的文友
醉倒在漫山遍野的橘树下
他黑红的脸膛，笑得比橘子还甜
当我们举起一杯酒约定，改日三顾襄阳
当我们的承诺还在山中回响时他却御风而去
想到他，我的心便隐隐作疼
隐隐作疼时，就有一颗橙黄的橘子从天而降
是的，高飞就是一棵长在山洼洼里的橘树
四季常青，满怀金黄

七

"叶大，根粗，茎高，花白，可入药。"
李东奇无疑是一株大叶百合
这个洛阳嵩县白河镇上庄坪村的老村支部书记
长着一双百合般干净的眼睛
身体里藏着一种为了百合成药
十年磨一剑的耐心
为了把伏牛山上掉下来的一股泉水
变成手心里的宝，他钻山爬岩，穿林过沟
找到了一条致富新路径——
白河源变成"致富泉"，大叶百合变成"摇钱树"
一幅乡村振兴的新画卷正徐徐展开

八

到了自己熟悉的领地反而不安
就像摄影人拍不好身边的风景
在家乡，我熟识更多的植物
（写到生时是熟时）
以至于熟悉到时常忘记了他们的模样
只剩下遗世而独立的灵魂

在众多植物中，我想写两个诗人和两个

用身体刻诗的人
一个被称为情诗王子的老诗人：汪光房
这个命里注定为诗而生的人
写了一辈子诗，写了一辈子的情诗
很难想象一个退休后还在写情诗的人
光房的房子里肯定住着满屋的香草美人
多到要用一辈子来赞美女人、爱与美
他像一株花有百日红的紫薇
又名痒痒树，长着一身敏感多情的神经
挠一下，就大笑三百回

朱华杰无疑是一棵乡间最常见的刺槐树
他对诗歌的态度，就像长在身体里的刺
当你伸手摘那洁白的花时，如果不注意
就会刺你一下，让你痛彻心扉
他一直住在乡下那间柴房里
院子用竹篱编成，院内爬满了黄瓜冬瓜南瓜
他把自己关在院子里，小心地守着一屋子梦

小米饭，一种小时候常吃的杂粮
小米，神农尝五谷中的一种，学名：稷
小米饭，是一个七十多岁男人的 QQ 签名
这个退休后骑着摩托车千里走单骑的男人
倚着摩托车站在唐古拉山口的照片
在呼啸的风中定格成另类时尚，这件发生在

十几年前的新闻，成为我记者生涯中的一个
节点，就像千里汉江中的一道大坝横亘在面前
当年，我带着媳妇在他一百多平方米的旧房子里
他用满桌子时鲜的网络流行语招待我们
让我第一次明白了忘年交的涵义
如今，小米饭的 QQ 号还在我的好友群里
那个瘦小枯干老头的头像，一直定格在那里
定格在当年我走进他房间的那一刻
他主动把自己长成了一株草本植物
长出了几粒小米
补充日益虚胖身体里的微量元素

运建立，肯定是一棵垂柳的化身
她把根扎在汉江和支流的沟沟汊汊旁
她身体里饱含着水分
她用身体抓紧脚下的土地
她把脚下的土地变成了点点的绿地
折柳成荫，她走过的地方绿柳成荫
绿柳成荫，她走过的地方天蓝水甜
水甜天蓝，她走过的地方惠风和畅万物舒展
一个人不能改变世界，却可以改造脚下的
土地。折柳成荫，树荫再小
也可以避雨躲风
可以为小鸟安一个家

九

汉水边的植物与长在岗地的植物
看起来好像并没有多少异同。其实不然
它们胸腔里多了一滴水
这滴水的源头，来自秦岭巴山，因而厚重
流经千里，道阻且长，因而执着

水润万物
水在润泽自己的同时润泽他人
水生木。水边的植物
在汲取水分的同时用身体蓄水
水和植物
就像比翼鸟和连理枝
这就像鱼和水，像水和舟
就像松树是茶叶的指示性植物
水越澄清，植物越茂盛；
植物越茂盛，水越澄清，烟火越旺，
人间越美好。

第十章：汉水精灵

一

每一条河流都是有生命的
每一条河流的呼吸和心跳都有自己的
辨识度。
她在养育万物的同时成就了自己

人不过是她众多孩子中的一个
她更为广袤的沙粒
来自她的头顶和河底
还有更多看不见的
藏在你黑色的眼睛之外

二

如果站在天空俯瞰一条河流
无论再大或者再小

只要高度足够
就会发现，河水开始趋于平静

视角与空间的改变
会改变一条河的形状与颜色

如果有了飞鸟和游鱼
这一切平静都会应声而碎
玻璃般落满一地珍珠
飞鸟是河流溅在天上的珍珠
游鱼是河流藏在水底的珍珠

三

如果天空没有飞鸟
天空会一直空下去
如果江河没有游鱼
江河会慢慢死去

飞鸟是天空的翅膀
游鱼是河流的灵魂

四

作为汉水一条支流，小清河实在太小了

小到地图上都找不到身影
还好，上面还有船，船上
还站着两只鱼鹰，一个猛子下去
喉咙里便鼓鼓囊囊起来
像游子打工外出时的背包
身披蓑衣的渔夫熟练地捏住脖子
一张嘴，一条鱼在船舱里跳起来
很多年前的一幕
生动了整个童年

后来，小学课文里读到《鸬鹚》时
才知道鱼鹰原来叫鸬鹚，又名捉鱼鸟
再后来，在汉江边一只只小船上
遇见这些向下飞翔的黑鹰时
它们正用自己反复的吞吐
喂养渔人紧巴巴的日子
让我对向下有了更深的认识
有时候，向下扎根比向上飞翔更艰难

再次看到鱼鹰时
它浑身湿漉漉地站在丹江口大坝下
一条驳船边，头缩在翅膀里
一任风雨打在它的身上
时间静止，仿佛世界与它无关
汉江十年禁渔，它完成了自己的使命

没有使命的它靠回忆过日子
这让我想起，当初豁牙的爷爷偎在
墙根下晒太阳这庸常的一幕
有阳光从胳肢窝里缓慢升起又落下

五

中华秋沙鸭，是汉水上我最熟识的水鸟
它把三千里汉水当成了自留地
一头闯进来，就赖着不走了
它把自己当成了主人

与家鸭比起来
中华秋沙鸭，更瘦小一点
因为瘦，因为小，因为轻
才能把自己的影子
投射到天空

六

当深秋的风把天空割裂成楚河汉界时
一对对鸳鸯四处寻找新家
它们途经汉水时，被水中的白云粘住了
翅膀。一停歇，迷倒了众生，
更迷倒了众多爱情。

等到大雪即将来临时
它们又沿汉水而上，沿着漳水
齐聚在南漳东巩镇昌集
在一方小小的湖泊里谈论生计与繁衍
也谈论气候与自然
成就了华中地区唯一的野生鸳鸯栖息地

“鸳鸯于飞，毕之罗之。”
美好的事物，如果爱得太深
毕之罗之，反而残忍，就像蝴蝶标本
幸好在南漳，有青山拱卫，有碧水抱月
还有更多热爱滚烫的目光
驱走了杀戮，驱走了寒冬
为鸳鸯提供了一方庇佑之地
为我们日渐孱弱的爱情找到了方向

七

静若处子，动若脱兔
静若白云，动若红霞
当翅翼展开时，天地失色
蓝天下，一抹就足以吸引所有的目光
朱鹮——才是鸟儿中最美的公主

从 1981 年首次发现至今

从 7 只到 7000 只
被誉为“东方宝石”的朱鹮
每一个蹒跚的脚印，每一只涉水的蹼
都写满了惊心动魄

一只生在秦巴山系，汉水河畔的飞鸟
用生命延续了青山绿水的传奇
一只比熊猫还要稀有的鸟儿
让天空从此不再孤独
让人类从此不再孤独

八

其实，我对于鸟的认识，止于童年记忆
麻雀、家燕、喜鹊、乌鸦、鹌鹑、鸽子、夜猫子
这些鸟把巢搭在树梢与屋檐下
不时呼啸出一声响箭穿云的脆响

普通燕鸥、蓝喉蜂虎、蓝喉太阳鸟、丹顶鹤
纯色山鹪莺、白鹭、强脚树莺、扇尾沙雉……
“汉水襄阳段有水鸟 201 种”
在一艘劈波斩浪的冲锋舟上，冯德金说
水鸟分飞禽、游禽、涉禽三类
这个汉江湿地保护的工作者
谈起鸟的种类，如数家珍

我看到，他每伸一个指头，就有一声鸟鸣
在波浪上跳跃

2021 年夏，和一群文友登上汉江湿地
几只岩燕专门列队，在面前变换舞姿
那一刻，世界回到了它的本来面目
飞鸟和游鱼才是自然的主人
如此，世界才更加美好

九

歌唱飞鸟时，就会想到黄秋生
正如，饥饿时会想到村口踮着脚的母亲
亦如刚孵出的小雏鸡身边那个旧的蛋壳

黄秋生，一个襄阳专业“打鸟”人
用镜头辨识飞鸟
辨识人心的冷暖

他时常蹲守在汉江边，伏在飞雪的芦苇里
看着哪些是新朋，哪些是旧友
他把飞鸟装进了自己的眼睛里
把天空装进了自己的眼睛里

黄秋生，有一个很大的客厅

客人是众多飞鸟
他在孤寂中寻找热闹
在热闹中寻找孤寂

十

水至清无鱼。槎头鳊例外
一江清澈的汉水养育了淡滋味
它的身体里藏着清高，也藏着风骨

“试垂竹竿钓，果得槎头鳊。”
“鸟泊随阳雁，鱼藏缩项鳊。”
槎头鳊又名缩项鳊、缩颈鳊
孟白衣对家乡的缩项鳊算是情有独钟了
他不仅写诗赞美，还在万山脚下垂钓
朋友来了有好酒，更有槎头鳊
为了招待朋友，孟夫子竟然丢了性命
襄阳人好客的基因
在一条鱼身上代代相传

鳊白鲤鲫，鳊鱼居首
在襄阳，朋友来了有好酒，更要有好鱼
如果有一条鳊鱼下酒
那么，再乏味的生活也会活色生香

十一

西双版纳一群野生亚洲象出走的消息
抢尽了风头，占据了各大网站头条
一度冲淡了阿富汗上空的硝烟和众多的
尔虞我诈弱肉强食
因为那些日渐消失的物种，或许
就是我们的明天和归宿
不得不让我们重新审视和自然相处的方式

两亿年前的一块鳄鱼化石，被一个农民
南漳巡检镇一个叫李先才的农民拾起
“南漳湖北鳄”再次被实证
这条曾在汉江里称王称霸的湖北鳄
被时间凝固在一块石头上
意外见证了汉水的过往与湖北的过往
湖北简称鄂，实则为鳄，即扬子鳄
《水经注·沔水》载：“水中物如三四岁小儿，
鳞甲如鲮鲤……名为水虎者也。”
水虎，即扬子鳄，俗名猪婆龙也

一条凶猛的鳄鱼尚且抵不过自然法则
何况渺小如蚁的人类
一切过往皆启示

这启示，横亘在汉水上空，人类天空
有人看到了，有人仍在装睡

十二

《襄阳府志》载：
“太康九年，城北沔水有蛟害。太公邓遐拔剑入水斩之。
宋三年五月，有象至黄州黄陂县，
又至襄、唐州，践民田……
明洪武末年，枣阳唐紫山下有白乌，赤蛇交颈而居。”
那些水中岸边的水怪瑞兽
早已和奶奶一道成为风中的一片叶子
凋落在树的阴影中
冬天的一个清晨，我拾起这片叶子
有波涛阵阵，有兽吼声声，在叶脉间轰响
化成了一滴透明的泪
被时光雕刻成一枚淡蓝色的琥珀
挂在汉水女神修长的脖子上

十三

翘嘴鲌，是汉水水质的指示性鱼类
如果她的嘴巴生动有趣
汉水就会一直清澈下去
就像松柏树，是酸性土壤的指示性植物

如果松树柏树生长旺盛的地方
就可以栽茶，用一滴碧绿闲适人生

翘嘴鲌是一尾惹人爱怜的精灵
就像一个人生气时翘起嘴巴
能翘嘴巴的，不是孩子就是女人
总有让人亲吻的冲动

迷人的小动作背后，其实暗藏杀机
翘嘴鲌撒娇的样子看起来似乎柔美
却是鱼类的杀手
一旦被迷惑，就会成为它的下酒菜

翘嘴鲌
——鱼类的伪装者

十四

“桃花流水鳜鱼肥”
桃花梨花长在王甫洲的沙滩上
作为一种铺垫，烘托出鱼的高贵
鱼也分三六九等
这让鱼，有了不同的身价

在襄阳，对鳜鱼我们有另一种称呼

季花鱼。曾被误解为：计划鱼
以为这种鱼很少，如计划生育一般

对一条河流来说
所有的鱼都没有高低贵贱之分
“手心手背都是肉”
所有的鱼都是河流的孩子

唯有人，习惯于把所有事物分成等级
以满足自己卑微的可怜的虚荣

十五

江豚重现汉江王拐段！
30年来的首次，《湖北日报》上的一则新闻
把这个精灵的微笑定格
隔着报纸，隔着几百公里的水面
我仍然听到了你的大笑
“人生得意须尽欢”
终于，有了一方属于自己的天地
应当痛饮三百杯

“微笑，并保持微笑。”
只有微笑，才是天地间最动人的色彩

十六

其实，一条深阔的汉江
鱼类众多：青草鲢鳙，鳊白鲤鲫，龟鳖虾蟹
它们或深潜底层，或浮于表面
正因为有了这些鱼的存在
水，才有了活力
水，才不会寂寞

从一条河流观察鱼与水的关系
就是观察人与自然的关系
一旦勘破这个秘密，就勘破了
天地万物、宇宙星空的奥秘

十七

每天早上经过汉水边
总会看到一些放生的人
三个一伙，五个一群
围着一盆鱼或一箱鱼念念有词
他们用自己才能听明白的声音念给自己听
他们听见自己的声音时心就得到了安定
他们听见自己的声音时就像听到了天堂的回音
他们在给鱼放生的同时，也在给自己放生

作为一个旁观者
看到那些一尾尾从池塘里捕捞而至的鱼
游向宽阔深邃的江水
其实，不过是从一个小池塘跳进了一个
大池塘。那些放生的人
用一个圈来圆满另一个圈
丢掉一个圈钻进另一个圈
作为圈内人，浑然不觉，乐此不疲

我们又何尝不是住在另一个圈子里？

十八

放生的人走后
有的人拿着捞网
有的人拿着铁叉

放是一种生活状态
捉是一种生活状态
都是为了生活

行走在物质与精神之间
行走在这个狭窄的世界
很多时候，我更同情那些捕捞者的卑微

十九

独钓寒江雪的钓者越来越难寻了
一群又一群钓者蜂拥而至
一竿一漂一小舟早已瘦成
语文课本里的插图
他们提着高档的渔具
撑着遮阳伞，嘴角叼着烟
用一次次抛竿，打窝来排解
抑郁、焦虑、压力和唠叨
醉翁之意不在酒，更不在鱼
鱼——只不过是高悬于天空下
可望而不可即的快乐

二十

长江禁渔，汉江禁渔，退捕上岸
拆除网箱，拆除迷魂阵，驱除电打鱼
把水还给鱼，就像把蓝天还给飞鸟，
把森林还给大象。
这些年，我们手伸得太长，步子迈得太快
欲望更像一种入侵植物
——水花生般疯狂滋长
让蓝天、碧水、草原一点点沙化

龙卷风冰雹洪水一次次敲响警钟

“绿水青山就是金山银山”
一句响亮的话语
让失神的眼睛日渐清明
欠债还钱，这些年我们欠下太多
注定了要用更多的时间来偿还
用一生一世来守护
守住了绿水青山，就守住了我们的根

二十一

鱼是水的主人
鸟是天空的主人
我们不过是一个过客
江上泛舟也好，临江远眺也好
怀乡思人也好，抒情歌唱也好
我们互不侵犯，我们友好相处
这样，你们就可以在天空放歌，在水下密语
这样，我们就可以一边酌酒，一边写诗
所有的诗歌里都有了鸟鸣与鱼语
所有的诗歌里都有了质感与空旷

二十二

“万物并育而不相害”
人、飞鸟、游鱼，都是万物中的一部分
在不同的空域内生存繁殖发展死亡轮回
又在同一个时间和空间交互作用
相辅相成，相守相望，比邻而居
万物都是邻居，从大海到天空
邻里和睦万事兴
天空才不会寂寞
人类才不会寂寞
世界才不会寂寞

第十一章：疼痛的汉水

一

一条中华鲟灭绝的消息
如大寒降临，雪花一片一片又一片
塞满了天空与电脑屏幕
这个生活了1.5亿年的可爱精灵
最终，没有躲过一粒时代加速的流弹

作为长江的一条支流
作为长江的一部分
长江与汉江，魏晋之前互为兄弟
即便后来分开，最后还是合为一流
当死讯沿江而上，通过鱼的口口相传
抵达时，我听见汉江发出一声长啸
亦如当年王仲宣秋风中的一声长啸

这些我用暗喻隐喻作出的铺垫

只是为了不让哀伤的眼泪流出身体
知天命之年，看惯了太多悲伤
身体早已干瘪
我要用不多的水分，对抗更多的干旱

二

在酷暑一次次炽热的呼喊下
那些沉睡江底河底的宫殿、石头
从打坐冥想中醒来，一露头
发出对人世的警醒：
水，一旦减少
饥饿，便会降临脆弱的人间

鄱阳湖，一次次被削砍，一缩再缩
2930 余年的明代石桥露出惊艳的面孔
洪泽湖，一次次被削砍，一缩再缩
淮河、渭水，一退再退，裸露出干瘪的乳房
那些千疮百孔的裂缝，无法堵住
四处漏风的——渴
长江水位一降再降
天兴洲变成“江心撒哈拉沙漠”
佛爷梁岛礁上 600 年的造像露出禅机
还有更多的河流和鱼被灼干
还有更多的湖泊被高楼和欲望填埋

这些疼痛一次次由细胞触突传递
在身体里游荡、冲撞、呐喊、嚎叫
注定了 2022 年夏天无法安眠

离我们最近的汉江
这些年，我曾亲眼看见
上游安康段河床上
一颗颗羊粪粒样的石头
下游天门段河床往下，一截截瘦身
如蚯蚓般地缓缓蠕动
这些经年的疼痛，在这个惊悚的夏天
汇聚成一场突然而至的山洪，吞没我
我的泪已无法流出
我身体的河流已干涸
我只想用这种干涸对抗另一种干涸
这样，我就会和很多人一样
觉得好像这一切都和自己无关

三

我曾经在飞机上俯瞰过山川大地
看过一条条细如叶脉的河流
那些曾经庞大的、浩渺的、奔跑的山河
因为视野的高度一次次缩小
这让我得以有机会仰望星空

人世，万物，宇宙，更神秘遥远的黑洞
这让我得以更加清醒地看清来路与去处

却不忍心看汉江，看她的遍体鳞伤
她长龙盘卧的身躯上布满刀伤
还有更多的刀悬在头顶
那些发着幽冷光辉的刀每挥动一下
汉水，就疼一下

那些灰色的坝，高高耸峙的坝
是她黑色的愈合的伤疤
深深嵌入身体中
成为一道道永远也拔不出来的
断刃。
一节节，切断河流
切断游鱼回家的路
成为一道新门槛
门槛太高
高出很久很久以前的传说
让跳龙门的鲤鱼只能“望门兴叹”

四

汉水上游。1978 年开工的安康水电站
再一次拦住亿万年奔跑的脚步
一条河流如果放弃了奔跑

泥沙和死气便会呼啸而至
黑魔法师的手
让汉水第一次露出她藏在深处的
石头和真实。
被遮蔽的事物一旦露出真容
就像新婚之夜揭开盖头的新娘
走向平淡与衰老

在黎明到来之前
那些一同缓慢褪色的浣妇
在一碗水里用棒槌敲击黑暗
敲击河流空洞的胸腔

作为一条河流的追溯者
看到这令人感慨莫名的一幕
已经无话可说，因为想说的话
已经枯萎

五

汉水分流，就像一棵树主干上长出新的枝条
就像荆州街上突然被砍掉脑袋的法国梧桐树
它们终将长出新的枝条来愈合伤口
它们把疤藏在心里
它们把雨水抛向天空

六

丹江口大坝应该是汉江中最大的
伤痕了。它用钢筋混凝土来愈合伤口
它一边治疗，一边伤害
它一边给予，一边破坏
它一手拿矛，一手拿盾
它用自己的话反驳自己
它用自己的身体赞美自己

它用一刀，拦起了“小太平洋”
它用一刀，治愈了北方的焦渴症
外科专家说，切掉身体中的一部分
总会伤害另一部分
但不切掉一部分
也许，等来的是更大的伤害

七

汉水一次次被刀
斩断，缝合；再斩断，再缝合
流水如布，布面上打满了蝴蝶结
漂亮地掩饰了身体里的裂缝

黄金峡、石泉、喜河、安康、旬阳
蜀河、白河、孤山、丹江口、王甫洲、新集、
崔家营、雅口、碾盘山、兴隆……
一道道大坝筑起来，一组组电机装起来
汉江一节节矮下去，又一节节高起来
一个百米冲刺的人，被一声哨声打断
汉江，最终崴了脚，一歪一扭地趔趄着
失去了往日的风采

大坝出平湖，河流失去了河流的样子
千年顺畅的心情
被一次次打结，一次次掏空身体
像一张张破网
试图拦住往事
沿河而居的先人
不知道造坝，只知道随着河流搬家
河流拐一次弯，他们也拐一次
河流翻一下身子，他们也翻一下
他们就像河流边一棵棵会行走的树
一次次挪窝
——越挪越旺

一道道大坝，像卡在喉咙中的刺
就像多年前吃鱼时的疼痛
有一根刺至今扎在身体里

每逢阴雨天，黑夜和寒冬
就会被一双大手卡住
无法呼吸

八

一道道大坝硬生生拉高了汉水的落差
她不得不一次次粉身碎骨地燃烧自己
点燃黑夜的煤
光明之处，人们早已忘记了脚下的影子

九

在汉水众多的支流
也有一道道高高耸立的坝和藏在水底的
闸。它们横生枝叶，盘根错节
一次次打劫奔跑的河流
只为了把她经过的地方变得宽阔
只为了让河流故作倾心明媚的一笑
最好显现成一面镜子的形状，只有一面的
镜子。好照出城市的高楼大厦和广场游园的壮美
至于镜子的另一面，鬼神与风月
最好永不见天日，这样就避免
露出内心的彷徨与欲望
比如：在花红柳绿映衬下的白河湿地公园

在宽阔平静的水脚边，不时地有三五只鱼
用它翻起来的白肚皮照出水的另一面

十

一道巍巍大坝将汉水分流出一部分
送往北方。一川烟水润泽京津冀
南方北方从此紧紧相连
一条秦岭下的隧洞将汉水再次分流出一部分
引汉济渭。一川烟水润泽三秦大地
泾渭分明，汉水与渭水本是互不往来
一条地下河，打通了两条河流的边界
从此，兵马俑和西北汉子的颜色更加灵动

弱水虽三千，禁不住取一瓢饮的人多
汉水水位一降再降
让世代居住的游鱼和水草不得不一次次
减肥瘦身，不然，无法转身和呼吸
汉水，成了弱水的新注解
——瘦弱的水。

十一

每一条河流都是有脾气的
每一条河流都是会发怒的

她们一直隐忍不发
她们与人间签订了秘密条约
在蜀河岸边，当我看到崖石上鲜红的标高时
才发现，汉水也是有底线的

“孝王七年冬，大雨电，江汉冰。”
“十三年大雨雹，江汉冰。”
“八年夏，汉水溢，流万余家。”
“九月，大雨，汉水溢。”
“襄阳大水，平地数丈。”
“襄州汉水涨溢，坏羊马，
城内水深一丈五尺……”
“二十九八月，汉水泛溢，长三丈余，
七日方退。”
……
《襄阳府志》中发黄发硬发脆发尖的记忆
在一个雾气退去的早晨
突然如惊雷般炸响

一个标高，刻在崖壁上
用如血的数字，标记脾气的烈度
一个标高，刻在水底下
用饥饿石，预言人间脆弱的本质
高或低，丰或欠
都要看一条河流的脸色

河流也有两面性
一面是神，关爱人世
一面是巫，歇斯底里

十二

引江补汉工程开工的消息长在鲜红的报头下
为板着脸的夏天增添了一抹笑意
作为南水北调后续工程
丹江口再次吸引世界的目光
长江水从三峡水库坝下启程
穿宜昌夷陵、襄阳保康和谷城
在丹江口大坝下注入汉水
长江一路翻山越岭，行走 194.8 千米
只为了 9 年后再次和汉江握手

多年前，引江济汉工程顺利通水
长江与汉江，两只巨手紧握在一起
就像失散已久的兄弟
血脉共鸣让汉江平原的草木葳蕤滋长

济和补，两个词性相近的兄弟
不管路途远近，风尘仆仆
为了让患了肌肉萎缩的汉水
保持旧时的模样

两个同意不同字的汉字
让大地充满愧疚

突然想起老家的一句谚语：
拆东墙补西墙
很多的时候，拆是一种无奈，补更是一种无奈
贫穷，限制了想象，也放大了想象
让我们学会更加深入水的内部
探究生命与水的哲学

十三

如果说，引江补汉是对水的一种补偿
那么，十年禁渔是对鱼的一种补偿
越来越细的网，越来越多的钩
越来越长的笼，越来越弱的水
让鱼儿一瘦再瘦，也躲不过电打鱼的冷箭

没有鱼的水是不完整的
没有鱼的水会死亡的
十年禁渔的法则之剑高悬
让鱼有了休养生息的机会
让水有了重新疗伤的机会
给水和鱼一次机会
何尝不是给人类自己一次机会？

第十二章：盛世之光——湖北随州市

一

“兄娃，想死你了！”
邱国成紧紧抱住我时，连风都扯得生疼
这个三十年前的同窗兄弟
一见面，浓重的方言突然开花
解伟、孙罡、戚新、骆帮军、杨言保、樊圣华……
这些分散在随州各地的兄弟姐妹
飞鸟投林般呼啸而至

多年前，我们从一条条小河沟溯流而上
汇聚在汉水右岸的襄阳农业学校
青春，被一声高过一声的“兄娃”追逐
当我回之以“兄娃”时，才知道
“兄娃”是弟弟，并非兄弟之意

其实，兄也好，弟也好

一声兄弟，走得再远也不会忘记
就像秋天飞回南方的燕子
只要春风一声呼唤，就会回来
就像曾经作为襄阳的一部分
虽然分家多年，只要一声呼唤
血液里的春风便会苏醒
因为，我们是一奶同胞
汉水是我们共同的奶汁嘛

二

汉水女神——
中国大江大河中首次出现的女神
印证了文学来源于生活的真理，他们是
周昭王南伐楚蛮时的两位侍女：延娟、延娱
“夹拥王身，同溺于水。”
“嗟二姬之殉死，三良之贞……视殒若生。”
周昭王“十六年伐荆楚事”
在唐国点兵聚将，经历国、随国，沿汉江而上
霸业未成，葬身汉水
最可怜的是两个无辜女人
也没有远离战争与死亡
也许从那时起，随州便因两个女人
因为汉江，与襄阳有了剪不断的因果

因为无辜，因为美，更因为贞良
老百姓不想两人死，祭拜为神
就像有的人活着，也不被人看见

三

“地当荆豫要冲，扼阻襄汉咽喉。”
“汉东之国”的随州
以西周封国随为名
隋文帝杨坚也算是一个念旧的人了
这个子承父爵“随国公”的开皇
把自己的疆土拓展到天下
国号便因“随”而名隋朝
与杨坚同样念旧的人还有被项羽封为汉王的
刘邦，一朝坐了天下
汉中王，就变成了天下的王
天下就姓了汉
从此，以一条河流的名字命名华夏
成为血液里生生不息的遗传密码
还有做了东汉皇帝的枣阳人刘秀
有事没事，就回枣阳看看
一个汉水上游的王，两个汉水中游的皇
因为同饮着一江水
身体里便长出了相同的乡愁

四

“神农氏起于列山，谓列山氏，今随赖乡是也。”
“随州随县北百里，山东有石穴。
昔神农生于厉乡，所谓列山氏也……”
站在炎帝神农氏巨大的雕塑下
拜祭大典的吟唱，还在广场和房梁上回响
天地间只剩下一条奔腾的河流
轰鸣。听见这声音，身体里沉寂的血液
开始沸腾，灼热我们五千年的豪气
那一刻，我一度弯曲的脊背突然挺直

神农氏的故里如迷踪拳般眼花缭乱
随州也罢，宝鸡也罢，柘城也罢
炎陵也罢，会同也罢，高平也罢
不管在哪儿，都是我们的宗庙
每一次叩首，都是在向祖先致敬
向五千年文明之光致敬
向刺破黑暗蒙昧，向照耀星空宇宙的
一束光致敬
这束光，穿透森林，穿透时间，穿透
巨大的空洞与虚无
抵达浩大的人间

五

在一个东方欲晓的清晨
神农氏戴上斗笠，披上蓑衣
为了部落的温饱踏上寻找食物之路
在神农架伐木架屋，伐木架梯
伏低尝百草，登高采野果
哪种可食，哪种可医
尝试之后，一一辨析记载
五谷的面目开始一点点清晰生动

把千辛万苦找到的种子在谷城播种试验
提纯选育，一粒粒种子由干瘪变得圆润
从汉水上游顺水而下
到随州教百姓耕种
饥一顿饱一顿的生活一点点活泛起来
瘦弱无力的炊烟一点点浓重起来
他把自己种成了最丰硕的庄稼
成为被百姓敬奉的神
老百姓才不管什么大道理
吃饱了肚子，才是王道
饿着肚子，说一万句道理也没有用

六

陆羽说，“茶之饮，发乎神农氏，闻于鲁周公。”
神农尝百草，日遇七十二毒，得茶而解之
一枚小小的叶子，让神农氏得以继续
寻找食物之旅，得以
解决生存与繁衍问题
一片叶子救了神农氏
更解决了老百姓的温饱问题
人活着，肚子才是头等大事

在肚腹日益鼓胀的当下
当我们悠然品茶赏花时
有谁会想到，当初为了填饱肚子
无意间发现的一片叶子
竟然成了消食减肥的利器
是不是，正像一片叶子的两面

七

“涢水出县东南大洪山，山在随郡之西南……”
涢水，又称府河，清发水，涢川
作为汉水众多支流的一员
《水经注》里流出来的涢水曲折回环

出大洪山，蜿蜒向北，向东，向南，向东，
再向南，经随县、安陆、云梦，一路腾挪
曲里拐弯地进入汉江
辗转间，把百余条分支河流纳入麾下
府河，就有了与众不同的气质
通江达海，货物往来，托起昔日辉煌
渔歌婉转，夕照金波，浮起往日胜景

“一切过往皆成虚幻”

该流走的，不该流走的，都流走了
真的不想流走的，永远也流不走
一条河流的使命就是流走该流走的
留下该留下的
只有与河流面对面，潜入河床下
你才会理解一条河流的苦心

八

1977 年 9 月，一声惊天动地的爆破
随县城郊公社团结大队一个叫擂鼓墩的地方
开山炸石，炸出一片花色泥土
工地负责人王家贵立即叫停：可能有大墓
信息上报，石沉大海
再次爆破，又炸出几件青铜器

一名文化馆员来到现场说，可以施工
三个月后，又炸出一排青石板
这下面可能是日本人的仓库！
流言四起时，一名叫刘柄的考古干部
闻讯而至，他拨开泥土，捻土轻嗅
瘦弱的手臂划出一道闪电：
“停止施工，保护现场，不得再放炮！”
曾侯乙墓由此逃过劫难
1978 年 5 月 22 日，世界第八大奇迹惊艳现世
沉睡 2400 多年的编钟发出雄浑的乐音
奏响盛世的繁华与荣光

很多时候，改变世界的往往是小人物
现在还有谁记得
襄阳一位名叫刘柄的老人
三条决断，救了一座惊世宝藏

九

一条寂静无名的山谷，几点稀疏人烟
因为多年前的一个个春季
先人一次次栽下银杏树苗
我们这些后人，才会千里迢迢前来
乘凉，赏叶，喝茶，吃酒，食果

几盘曾经丰润我们生命的石磨
逶迤行进在千年古树下
像母亲的针线
连缀起一片安详的生活

一只小黄狗追着蝴蝶
几只无关风月的鸭子
在水面上追着光影和落叶
一个猛子下去，捞起些无聊与寂寞

随州洛阳镇千年银杏谷中风轻云淡的
一幕，早已风干成一张书签
就像故乡那些熟悉的风景和人物
日渐发黄，日渐生动，日渐温暖

十

作为一种蔬菜，随州泡泡青无疑是
让人口水泛滥的一种
作为一种常见的黑油菜
换一个地方生长，同一个品种
味道却千差万别
就像洪山菜薹，陕西胭脂稻，安陆萝卜
一方水土养一方人
随州泡泡青，养出一方实实诚诚的汉子

随便在什么地方，只要一开口“兄娃”
片刻之间，就会成朋友

十一

漫步在汉江边
目光时常会被那些坚硬的大理石硌疼
这些产自大洪山系的石头
即便离开了高山，仍然坚硬如常
即便磨掉了棱角，仍然坚硬如常
与汉水相伴，石头变得更坚硬
它要守护汉水，它要为水塑形
它要让温柔的更温柔
它把自己的软藏在心底
只有细雨微风夜，敲击一块石头
你才会听到它体内的波涛声

十二

分分合合的历史再次上演
“襄十随神”城市群战略的实施
让昔日长大分家的兄弟，重新团圆
就像石榴籽，紧紧握在一起
日子才会更甜

有些东西，即便分开，也永远掰不断
有些东西，天天一起，也捏不到一块

十三

“九月九日忆山东兄弟”
每到秋天，我就会想起随州的兄弟
春天也会，冬天也会，夏天也会
就像现在，我想起昔日的兄弟
就会心头开花，就会咬紧手指头
就像每次途经随州
耳边总会响起“兄娃”的称呼
一种麻酥酥的感觉便会布满全身
那种过电的感觉
全来自——兄弟
一棵藤上结的瓜，叫兄弟
喝着一条江水长大的，叫兄弟
五湖四海之内对眼的，也叫兄弟

第十三章：荆楚门户——湖北荆门市

一

“楚塞三湘接，荆门九派通。”
一个秋末阳光晴好的午后
王摩诘途经襄阳，泛舟汉江
举目远望，青山巍巍，波澜动远空
好山好水岂能没有好诗？
荆门，因此一诗传天下
荆门因此与汉水结下不解之缘
胸腔内跳动着川流不息的水声
这悠长的，磅礴的，柔软的，钢铁的
气质，撑起了一座千年门户
门内，繁花遍地，风景这边独好
门外，江山迭代，都随风吹雨打去
惟江水不变，她埋头沿自己的道路奔走

二

“一扇曰户，两扇曰门。”
有家，就有门有户
大家有朱门，小家有柴扉
门开户阖之间，大有玄机
开门迎客，吃闭门羹，门说了算

门户，就是脸面，就是主人家的第一形象
荆楚门户，作为中部区域的门脸
眉清目秀自不必说
仅“古代第一县——权县”的名头
就足以自傲了
还有那些郭店楚简上冷峻古拙的文字
发散着珍珠般的幽光

其实，门脸大还是小又何妨
仓廪实，肚腹饱，才能知书达礼

三

“人猿相揖别。只几个石头磨过，小儿时节。”
1954 年冬，京山屈家岭
青木垱河、青木河，作为汉江水系的一部分

两河交汇处
轰轰烈烈的石龙水库渠道修建时
几块石头和陶片意外出世
文明之火，熊熊燃烧

一切为了填饱肚子
一切为了让生活更美好
一切为了让人类更自由
“幸福，是干出来的”

劳动，让“屈家岭文化”破土而出

四

“祥瑞钟聚”，嘉靖皇帝的任性早已烟消云散
赐下的名字，却穿过烽火岁月浮想生花
以至于让人忘记了它先前的名字：郊郢
郢，一个滋养了楚文化的汉字
在荆风楚韵中，猎猎作响
它的邻居鄢郢——宜城，楚皇城所在地
“昔我先王熊绎辟在荆山……”
楚先民在荆山筚路蓝缕，养精蓄锐
从汉水上游而下，在汉江平原的大地间
繁衍生息，开启了八百年盛世
钟祥，只不过是其中的一个暂居地

就像鄀郢一样，终将成为汉水中的一朵浪花
仅在竹简龟甲上，留下几笔符号

五

“唯我皇考，若日月之照临，
光于四方，显于西土。”
嘉靖皇帝不吝美词夸赞其父，显陵由是名

2019 年春，油菜花开得放浪形骸时
我站在明显陵巨大青石铺垫的神道上
没有惊讶于陵园的浩大与威严
一陵双冢，举世罕见的文物价值
而是想到爷爷奶奶在世时的一句唠叨：
“生儿不胜我，养他干什么？”
嘉靖皇帝也是人
草鸡一旦变凤凰
便大兴土木，为九泉之下的父亲加官封爵
追认为“献皇帝”，不惜大动杀伐

儿子英雄，老子更是好汉
根不正，岂能苗红？
嘉靖皇帝，终究还是一个俗人

六

为汉水立传，就必须写到钟祥大柴湖
作为全国最大的移民集中安置区之一
作为湖北 441 个移民安置点中的一个
一座移民血泪铸就的碑，让人仰望

站在鳞次栉比的高楼中
你无法想象当初这里曾经芦苇遍地
风吹草低，没有牛羊，只有鸟鸣虫唱
只有盆景里的几株芦苇作为一种图腾
替它们的祖先骄傲地活着
用来抵挡不断流逝的时间和记忆
如今，它已经与当地气息血肉相融
它已经变成众多水养的城市中的一分子
就像你无法从一条江里
分清一朵浪花与另一朵浪花的差异
只有那些地下盘根错节的根
分得清乡音的高高低低

七

“一条扁担两个筐，收拾收拾下钟祥。”
1966 年春至 1968 年秋

近五万人抛家舍业，泪别故乡
从淅川搬至大柴湖
“深明大义”“舍小家为大家”
若干年后，挂在墙上的赞美文字是没有温度的
就像不经生死，不知生死
只有中国人才会明白
家和故乡，是烙印在血液中的图腾
一旦弄丢了，魂就没了

在大柴湖移民村落采风时
一张意外被定格的照片
悬挂在萧瑟的秋风中
一条狗追着装满锅碗瓢盆坛坛罐罐的汽车
背景是身后即将淹没的村庄

同行的诗人刘晓蓓说
那条狗一直追着奔跑
最后累死在山路上
诗人讲这个故事时，时间突然静止
直到一滴眼泪砸碎这意外的静谧
像小鸡啄破蛋壳时
发出“咔嚓”一声脆响
我们才被惊醒

八

一艘巨大的“襄江号”轮船停泊在
装置艺术般的时空中
看到船身上鲜红的三个大字
我们这些沿汉水匍匐而来的人
身体里的亲近突然复苏

抚摸它石质的、水泥的、钢铁的骨架
冰凉坚硬的外壳下
锅碗瓢盆碰撞的叮当声仍在回响
猪牛羊鸡乱叫的嘈杂声仍在回响
离井背乡时的抽泣声仍在回响
藏在睡梦中的祈祷声仍在回响
每抚摸一下，就觉得离它们近了三分
每抚摸一下，就觉得它们平和了三分

当年，移民人拖家带口，牵牛抱鸡
乘坐敞篷的解放牌汽车一路颠簸至樊城
转水路，乘船沿汉水而下
至大柴湖大同码头停泊上岸
搭木为屋，垦荒造田，修渠排渍，筑坝打堤
一驻足，就是半个世纪
一转眼，青丝变白发

故乡，越来越远了
乡音，越来越淡了
记忆中日渐模糊的事物更加模糊
日渐清晰的事物更加清晰
一艘转乘而下的大铁船日渐高出水面
成了安放乡愁的温暖港湾
因为这艘船当年起航的地方
被命名——襄江号

九

“蒹葭苍苍，白露为霜。”
诗经里的芦苇，一地雪白
有仙女在水一方，顾盼生姿，香气袭人
当年，把家安在芦苇荡里的淅川人
却在一地不知民间疾苦的诗意里
打掉了牙齿和泪吞

刚柴，作为芦苇的一种
可以编篱笆，可以作柴门，可以织苇箔
这种顽强的植物，一度让移民咬牙切齿
野火烧不尽，刀劈斧斫难断根
与天斗，与荒滩斗，还要与刚柴斗
第一代移民人，用半生的时光

把刚柴地变成米粮仓
也把自己炼成了迎风屹立的刚柴

这些移民中的一部分
曾经移民青海水土不服不得不返乡
一些人客死途中或他乡
最终，落脚大柴湖
这些辗转多地，餐风饮露的移民人
一扎根低洼处，就长出了蓬勃的枝叶

当我在柴湖镇鱼池村大柴湖移民体验馆
看到几丛须发洁白的刚柴在秋风中摇曳时
不由得心生敬意
它们为移民人的生活，让度了自己领地
作为仅有的标本点缀在这里不仅仅作为风景
更作为一种标志性植物
标示着生命的弹性与硬度

十

“大柴湖，苇子窝，三天不割一尺多。”
“茅草庵，树杈顶，大水来了把船撑。”
“芦苇墙，泥巴搪，四根砖柱一间房。”
“大柴湖，臭水窝，三天沤烂一双鞋。
蚊子打架嗡嗡叫，把人咬得无处躲。

男人怕咬上房坡，女人怕咬烤大火。”
“锅连缸，缸连床，母猪拴在床腿上。
鸡窝安在锅灶旁。”
……
这些辛酸、坚硬、冷俏、尖锐的顺口溜
如一根根锋利的皂角刺
隔着半个世纪时空
扎得我大汗淋漓

当年，一户移民乘着农闲跑回淅川老家
半个月后回到大柴湖发现房子“丢了”：
疯长的刚柴淹没了房子
床板被顶在了半空中
……

全淅林，这个把故乡刺在名字中的男人
讲述的辛酸故事
尽管过去了半年
还时常在梦中听到牙齿交错时发出的轰鸣

十一

“故园丹江，根在淅川。”
站在大柴湖移民纪念广场
看不见淅川，淅川在几百里之外

故乡在北，新乡在南
多亏一江汉水，让血肉相连、气息相通
舀一碗水，还是故乡的味道

十二

作家梅洁说，“大柴湖有了纪念馆！真好！”
在大柴湖移民纪念馆
我看到一张梅老师采访移民的照片，发给她后
她连连感慨，那两个叹号
就像一汪清澈的汉水
在风中翻滚的浪花
一浪高过一浪地在头顶燃烧

十三

大柴湖移民纪念馆广场
周恩来的汉白玉雕像巍然屹立
1968 年 10 月，听取移民汇报时
眉头紧锁，时喜时忧
云开雾散时，“大柴湖”之名跳出脑海
自此，大柴湖成为移民搬迁中的一个星座
在星空下，光芒四射

全淅林，这位亲历风雨的第一代移民

奔走呼号，搜史撰文，规划论证
最终让一座移民纪念馆拔地而起
成为南水北调移民史上的一座碑

十四

看到大柴湖想到宜城市十方院村
这个曾经位于郧阳区谭家湾镇的小村落
300 户人家，2010 年 9 月 24 日
翻越群山，渡过汉江
从上游来到中游，重新安家
土坯房换成小洋楼
小乡村变成大花园
连乡音也开始软糯
惟村庄名字没有变
乡愁就有了寄托
只要不离开泥土，他乡也是故乡

丫丫，这个移民村出来的乡镇干部
见到我们，离很远就张开了双臂
像一只正在飞翔的喜鹊
酒窝跳出串串笑声
她用笑声作别故乡和远方

十五

从大柴湖，想到郧阳区杨溪镇青龙泉社区
一个大棚连着大棚的香菇小镇
当我们站在山顶观景台俯瞰
青山怀抱，汉江环流
这个由杨溪铺村移民搬迁的小镇
靠着一朵香菇，聚拢成一座新镇
一个小镇，就是一朵随遇而安的香菇
只要有孢子，遇到合适的湿度和温度
就能化腐朽为神奇

在宜城市南营办事处杨溪铺村
别墅小院，白墙灰瓦，柏油马路
红花绿树，青草碧水，一派生机
这个花一样的村庄开在汉水旁
芳香四溢

两个杨溪铺村，就像一根杨柳枝一折为二
一截插在郧阳区，一截插在宜城市
在不同地方，生根，抽叶，长枝，开花
慢慢长成参天大树

有时候，人就像一截树枝

不管插在哪里，努力向下，都能活着

十六

“石牌五世磨豆腐，古镇千秋煮霜花。”
走在因一方豆腐而远近闻名的石牌古镇
青砖黑瓦的房屋，纵横交错小巷
匾额上依稀可见的商号
时光放慢了脚步，蹲在一条旧街道上歇脚
就像一个刚拉纤而回的汉子脖上挂着的
汗巾，发出咸重的气息

杜晓栋，这个汉江边的文化拾贝者
谈起昔日舟车繁盛往事
声音不由得高了八度
这个见人抱拳作揖的老者
不时地从汉江里打捞出一个个走失的文字
小心地抱回家

十七

“莫愁在何处？莫愁石城西。
艇子打两桨，催送莫愁来。”
“河中之水向东流，洛阳女儿名莫愁。”
洛阳莫愁与钟祥莫愁，是否同一人？

让人纠结，让人愁上愁

莫愁湖边，总想象有一个美人凌波微步
脚下水雾缭绕，亦如汉江夏日的平流雾
她和汉水女神遥遥相视
眉目生辉，玉足宝光，面含春水
是因为惺惺相惜吗？

“迢迢不可见，日暮空愁予。”
因为不可见，她才一直在那里
把一湖春水，从春到秋，从秋到春
空着
只为等待一个人

十八

走在钟祥大地上，总会与一个语词发生关联
总想，总在想
总在想，人为什么活着，人活着为什么
就像汉水为什么要东流去

人活一辈子，总得留下点什么
哪怕留下点泥沙也好
再在泥沙上种点东西
无论种豆也好，种菜也好

无论开花也好，不开花也好
实在不行，就种几棵树，柳树、水杉最好
这样，就能与水不离不弃

第十四章：通天之门——湖北天门市

一

"天门，因境内西北有天门山而得名。"
主峰与龙尾山对峙，中空
如登天之门，故名天门。

山高不高，看与谁比
矮子里面挑将军，最高海拔 192 米
在一马平川的江汉平原
天门山，也算得上是个高个了

"竟陵者，陵之竟也。"
大洪山余脉至此而止，因名竟陵
秦置竟陵县，清朝改名天门
一座城，因一座山而得名
天门山，早已高过了它自己

我对天门山的朝拜，除了它对一座城市的
命名，更来自隐居襄阳诗人的热情描写
“落霞如绮绚晴空，坐看天门欲下春。”
“鹿门三高士”之一的皮日休留下的诗句
让我这个慕名而来的襄阳客
对不高的天门山有了更多的亲近

二

“扬水又北迳竟陵县西，又北，纳巾吐柘，
柘水即下扬水……巾水又西径竟陵县北……
扬水又北注于沔水，谓之扬口，中夏口也。”
在《水经注》中寻找一条河流的亲缘关系
就像拿着族谱寻找失散多年的亲人
看到扬水，激动的心跳开始共振

巾水，现在的石家河，石家河镇东河，
石家河文化的源头。
扬水，又名马溪河，现在的石家河镇西河
一东一西，两条古河道沿着历史顺流而下
进入汉水
为天门标注了在汉水中的经纬度

三

位于汉水以北，故名汉北河
这条汉水下游重要的支流之一
让天门人高兴过也伤悲过
高兴时，丰收的五谷压弯了脊背
悲伤时，山洪冲垮了家乡的柴门

兴修水利，水才能利万物
1969 年 10 月，60 万民工肩挑背扛
泥沼中开挖了 97 公里的人工新运河
7 米深、200 米宽、7000 多万立方土石
创造了当时水利史上的新奇迹
比巴拿马运河还长 16 公里
用时 6 个月，不到巴拿马运河用时十分之一
自此，脱缰的野马驯服地顺着河道
一路欢歌流向汉江

一水清，鱼虾跳，稻花香，万家欢
汉北河，一条河流的过去与现在
就是五千年农耕文明的过去与现在
流淌着中国农民的无数欢笑与悲伤

四

一粒稻壳从土块中露出浅浅的酒窝
揭开了石河文化五千年神秘的面纱
这粒稻谷从此被命名：石河粳稻
这块土地从此被命名：石河文化

一粒稻子，从此辽阔了中国的壮丽诗意

1954 年 11 月，石龙水库干渠修建时
一批坛坛罐罐被铁锹叫醒
让距今大约 6000 到 4000 年，8 平方公里
长江流域分布面积最大，保存最完整的
新石器时代聚落址意外登场
从此，石河文化与浙江良渚遗址
陕西石峁遗址一道
被认定为中华文明起源地

石家河，汉水下游的一条支流
《水经注》中的：巾河
再次标注了文明与水火的关系
水生木，木生火，火生土，土生金，金生水
五行相生相克，天地一个大圆
人类不过圆中的一个质点

点在哪里，哪里便睁开了龙眼
卧龙腾飞，飞龙在天，从此，天地任我行

五

“不羡黄金罍，不羡白玉杯，不羡朝入省，
不羡暮日台，千羡万羡西江水，
曾向竟陵城下来。”
让我敬重的不是一部《茶经》
而是陆羽对一江水的热爱
对一江自西而来的汉水深入骨髓的喜欢

这位古雁桥下哇哇大哭的弃婴
风雪中，被老和尚智积拾回庙中
占得一卦，“鸿渐于陆，其羽可用为仪”
因名陆羽，字鸿渐
从此，一根轻羽直上重霄九天

从一出生就饱尝了人间的苦
所以，要用另一种苦来解
负负得正。先苦后甜，苦中回甘
茶叶，这片叶子成了解除陆羽悲苦的良药
从 12 岁逃离寺院混迹戏班子
就一直在奔逃的路上，从天门至浙江
江苏、江西，他把避乱当成了采风治学

把一片叶子当成解天下忧疗天下疾的灵丹
等到火候足够，时机成熟，退隐苕溪茅庐中
用三十年光阴洗心
用一汪泉水为辅药，用一川汉水作主药
再用些清风鸣蝉、菊花霜雪为佐使
他把每天都过得有声有色有滋有味
他把一生的过往煮成了《茶经》
茶圣这个美誉，不过是一壶好茶外在的
——壶

起于微末，显于天下，仍不忘其根
因为有根，有汤汤汉水取之不尽
陆羽毕其一生，烹出了一壶
人世间最好的茶
慢慢品，才会从微苦中找到甘的法门

六

顺着高速未进天门先见一道朱红色的
抽象之门。一个繁体汉字组成的“門”
在太阳下发着耀眼的红光
中间悬立一管毛笔，金光灿灿
笔行天下——手握一支笔，可行天下
青灯黄卷十年书，一朝成名天下知。
一支笔，就是一座桥

笔有多长，桥就有多长，人生就有多重

在天门，最大的一座门，不是山门
是人间的门。知识的门。成功的门。
门内门外，风景不同；
门内门外，天上人间。
天门人，用一道门宣传状元之乡的美誉
用一道门揭示生命的真谛
读万卷书，行千里路，才是人生

一方水土养一方人
一方人养一方风气
天门的水土养出了一门：五代进士
三朝翰林，两登鼎甲
养出了明清 468 名进士举人
养出了浓浓书香朗朗书声明月晨光
养出了耕读传家诗书继世的浩荡长风
风吹过的地方，人间有味，天地昌明
风吹过的地方，荒野长出森林，天空长出繁星

七

“钟祥倒了狮子口，劈头淋来漫城楼；
无数村湾人烟厚，一夜冲得光溜溜……”
汉水可养人，亦有发怒水涨时
在人命如草的年代

水灾天灾人灾滚滚而来
如草的命，为了活命，只好四处飘飞
他们拖儿带女，一手拿碟子，一手拄打狗棍
逃荒要饭，填饱黄皮寡瘦的身体
他们从天门出发，沿汉江长江南下北上东奔西走
一走，就是十万里
一走，脚步遍天涯
一走，就是五大洲 40 多个国家 8 万多人
一走，就走出了内地侨乡的苦楚

小时候，母亲说，农村娃子菜籽命
丢在哪儿就长在哪儿
天门人，就是一粒粒菜籽
风吹到哪儿就把根扎在哪儿
走到哪儿都长成一片森林，长不成森林也要
长成一棵草，抓住脚下的泥土
即便倒下来，化为泥土，也要把枝叶伸向
——家的方向，祖国的方向

八

“汉水有三口，上有老河口，
下有汉口，中间有个岳口。”
沿汉水行走，岳口是一个绕不过去的关口
看到岳口镇高耸的青石牌坊

就看到了汉水行走的经络

“行樯约物价，岸柳牵人裾。”
皮日休留下一句诗，此地
因名“约价口”
岳飞屯兵于此，改称“岳家口”
历史的起承转合，在一个名字中
回音悠长

行走在岳口的古街古巷
青石板的光倒映出往日喧闹的影子
十大商帮的帆船堵塞了流水
八大会馆檐角的铜铃响彻千家万户
七十二家花布铺的花布铺满了天空
还有南腔北调此起彼伏
在青石板上跳来跳去
有一句反弹在墙上，穿过时空撞过来
“都是为了过上好日子哟!”

都是为了过上好日子
其实，活着很简单
那么多的辛苦奔波
就是为了活着，过上好日子
走在岳口镇，有那么一刻
脑海里只剩下这句话如春雷般轰响

第十五章：天险荆州——湖北荆州市

一

追逐河流的脚步游走到荆州
满当当的胸腔，更鼓了三分
一些熟悉的不熟悉的语词争先恐后蹦出来
它们要为两个荆州之地说话
它们的话在心里憋了太久
今天终于可以畅快地说出来

荆州街，襄阳城最古老的街道之一
因刘表将荆州治所自汉寿搬至襄阳而名
当年，刘表一个乾坤大挪移
襄阳，成为荆州首府；荆州，空余一座城
从此，三国狼烟四起的天下多了一块净土
从此，文人墨客士子纷至
在襄阳城内住深宅
献计出谋、讲学交流、笑谈天下

在檀溪湖边置别业
喝酒品茶、钓鱼弹琴、闲话桑麻
“荆州学派”由是开花，至今流芳

荆州委屈，它憋了一肚子话要说
我的到来，让它有了倾吐的对象
来，来，来，把一切都放下
先痛饮三百杯再说

二

长安、洛阳、襄阳、江陵，一条古驿道
串起了南北四座城
荆襄古道，成为南北交通枢纽
撑起了汉唐的繁华与过往
荆州和襄阳从此连在一起
成为唇齿相依的兄弟
同喜同悲，同盛同衰

三

“千里江陵一日还”
从江陵回襄阳，乘车用不了一日
(两三个小时足矣)
这让我到家后很长时间还惴惴不安

快，因为快，诗意全无

自从多年前我们丢失了那头在时间深处
悠闲行走的毛驴
在江河湖泊河流漂泊的孤舟
大脑开始迟钝
因为快，太多东西来不及消化

四

“地利西通蜀……舟楫控吴人。”
杜工部的一首《江陵望幸》
标注了荆州七省通衢的地理坐标
与同为七省通衢之地的襄阳
再次在时空的一个点位重合
历史，总是惊人的相似
城市，总是惊人的相似
比如当下，人的面目越来越像
据说，夫妻共同生活久了，脸会越来越像
意外地为千城一面作了注解

五

“荆及衡阳惟荆州”
（地盘够大了。北起荆山，东至衡山之阳）

因北据荆山而名荆州，又名江陵。
地名寄相思，地名念先祖
作为楚国鼎盛时的郢都之地
念念不忘当初筚路蓝缕的艰辛
念念不忘，必有回响
荆山——那是楚国最初的根啊
以“荆”命名国都的那一刻
爱国，忠君，念祖，励志
成为楚文化最深沉的底蕴

树高千尺不忘根
不忘根，方能行稳致远
不忘根，方能永不迷向

六

“天下第一王陵”
在占地 731 亩的荆州熊家冢楚墓车马坑
时光倒流，烽火在血液中点燃
六匹健马拉着战车纵横驰骋
“车辚辚，马萧萧”
车上健将车后壮卒，声动天地
所过之地，众皆降服
“地方五千里，带甲百万，车千乘……”
从“筚路蓝缕，以启山林”养精蓄锐

到饮马黄河，问鼎中原
楚国的成功逆袭之路——
为“心有多远，路就有多远”进行了完美诠释

狼烟远，兵戈冷，战鼓歇
四海定，家团圆，天下安
“天子驾六”，深藏于昔日荣光之地
被定格成一帧帧精美的回忆
不时地被一声惊叹激起转世的轮回

七

“沔水……夏水西来注之，
又南至江夏沙羡县北……”
“夏水出江津于江陵县东南……
又东至江夏云杜县，入与沔。”
汉江自西北向东南，接纳了源流荆州的夏水
一条汉江，再次连起了荆州与襄阳
一条汉江，注定了荆州与襄阳有了扯不断
理还乱的姻缘

“襄阳去江陵步道五百，势同唇齿。”
“江陵要害，国之南门。”
“以天下言之，则重在襄阳……以东南
言之，则重在荆州。”

除了汉水相连，更有荆襄古道相通
一水，一路，把襄阳与荆州紧紧捆在一起
也把长江、黄河、淮河紧紧捆在了一起

时光轮转，引江济汉工程
沿着汉江运河的古道再次启程
“旧水道唯沔汉达江陵千数百里……
预乃开杨口，起夏水达巴陵千余里。”
再次把荆州与汉水连通
起于荆州李埠镇长江左岸
止于潜江高石碑镇汉江右岸
一条新运河，在古运河的回音中
重新抱紧了汉江
也抱紧了襄阳与荆州

八

对一座古城最大的敬意是闭口禅
当太阳和古城还在做梦时
我们，踩着秋风从东门而出
只为了看它安静的样子
它安静地睡在护城河的柔波里
这些来自汉江和长江的水
要用自己的博大消解战争的疤痕

当它醒来的时候
我们已经到了南门
对岸是即将拆除的巨大的关公雕像
他的旁边是自己的庙宇
他要用自己站立的姿势守护
这座因骄傲自负被丢的城
那些踩着鼓点跳着广场舞的大妈不管这些
他们只想用快乐，留住这安适的生活

九

登临荆州古城墙
抚摸那些似曾相识的厚实坚挺的青砖
犹如抚摸烽火中那些战士坚挺的脊背
一种敬意突然自心底升起
一将功成万骨枯，一城安然万卒护
站在宾阳楼上俯瞰大地山川
生与死，天与地，贵与贱
不过一朵云，一滴水
正如脚下宽阔的瓮城里，戏台上
一群银发族着戏服，挥兵戈
方寸之地演三国，说历史
人生如戏。消解数千年沉重的过往
最好的办法是用一场戏来化解
这样，我们就可以与历史把酒言欢

就像若干年后的我们
会被另一场酒会当成下酒的茴香豆

十

“原来六座古城门，后来新开三座城门……”
当厚重的荆州古城被导游一一在眼前铺展时
作为六座古城门中的唯一水门
小东门，又名公安门
一下子打通了历史与现实的任督二脉
汉水、长江，两条河流的走向日渐清晰

“左公，安否？”
当年，好哭的刘备自驻地孱陵回城
乘船自东南角入城
肩担柴火的百姓问
刘备捻着胡须面带微笑说：“安矣！”
小东门从此亦称公安门
读史可以知兴替。只有与群众打成一片
江山，才能稳固；山河，才能无恙
刘备的江山是哭出来，不过是一场笑谈

十一

“大意失荆州”

赶赴荆州的路上
这句词，如铁锅中一粒粒爆响的黄豆
在车厢里跳来跳去

大意的关羽，失掉了荆州
反证了骨子里的清高
能温酒斩华雄，却斩不掉
一身豪气，一身傲气，一身哥们义气
能打胜仗，不意味着就能固守城池
丢掉了荆州，并不能全怪他
就像当年，共产党人走出西柏坡
“今天是进京的日子，进京赶考去。”
关圣人赢得了一场场战争
却没有考好守江山的问答题

丢了荆州，跨有荆益以图天下的大计
成了黄粱一梦
丢了荆州，三分天下格局由此定型
荆州，三国烽烟中的一颗秤砣
往哪挪一点，天下就向哪倾三分

十二

“北据汉沔，利尽南海，东连吴会……”
当年，隆中山下轻摇羽扇的诸葛亮

未出茅庐，已为借荆州埋入伏笔
没有荆州，就没有了天下三分

“有借有还，再借不难。”
刘备当年借的荆州
被兄弟关羽还回
一借一还，一饮一啄，也许，自有定数
别人不好意思还，唯有讲义气的关羽来还
最好。其实，失，是另一种形式的还
不过，这还未免沉重
从此，刘皇叔只能偏安于西蜀一隅

十三

“活力28，沙市日化。”
当年的广告语犹在耳边轰鸣
那些一度高耸的烟囱遮蔽了天空
失血的颜色
见证了一个时代的高潮
也成就了全国新兴工业明星城市的美名

“长江之险，险在荆江。”
一次次泛滥的长江水
让荆州人民一退再退
也让经济一退再退

1998 年长江大洪水
荆江分洪区 30 万人被迫转移
拖家带口，牵牛拉羊的画卷已定格为
一幅带泪的长卷

三十年河东，四十年河西
一次次泛滥的长江水也让这个经济重镇
有巅峰，就有低谷
有低谷，就有巅峰
三峡大坝锁大江，江水从此变温顺
如今，一浪高过一浪的后浪
正让“长江经济带的腰板”挺直

十四

湖广熟，天下足
汉江与长江的纵横交错
养育了千里稻香，万里荷香
养育了“中国淡水渔业第一市”的美名
更养育了洪湖水浪打浪的青春热血

行走在荆州湖泊密布的大地上
你会重新发现一条河流的密码
水，养鱼，养草，养人，也养水
水和水一起，才会形成更浩大的水

只有深入老庄的宇宙里
才会了解水和水的哲学

十五

惟楚有才
有水之地多才子，如江浙之地多雅士
荆州，算得上一个有才之地
从“天下第一循吏”孙叔敖
到明朝万历首辅张居正
138 位宰相成就“宰相之城”

在张居正清瘦敦厚的雕像前
一股改革锐气扑面而来
“考成法”“一条鞭法”
这个喝着汉水长大少有凌云志的男人
面对蠹虫横生的官场
使出了浑身解数，力挽倾倒之厦
开创了“万历新政”
最后劳累而死，用生命践行了心志：
“君子谋国，而小人谋身。谋国者，先忧天下……”

第十六章：潜龙奋起——湖北潜江市

一

如果按五行来定性一座城市的气质
潜江，无疑是属水的
潜江，因汉水沉潜而名
她一出生，注定了与汉水缠缠绵绵
高兴时，江清月近人
暴躁时，十年九不收
汉水不管不顾，她有自己的行为准则
道法自然。冥冥中自有法则
谁违背自然，她就要用自然法则来回应

二

作为汉水众多子女之一的东荆河
又名芦洑河、冲河、襄河、中襄河、南襄河
作为众多名称中的一个

最让人欢喜的是襄河
水自襄阳来，因名襄河，也因为此名
潜江，与襄阳有了血缘关系
身体里，就有了共同基因

夏季洪水暴涨，冬季水枯潜藏，故曰潜水
《尔雅》云：“水自汉出为潜，故云潜江。”
“汉水从郧襄来自县北三十里，芦洑河分其水，
经县东南流入于江，故名潜江。”
东荆河承接汉水，流入长江
就像故事的一个桥段
潜江，因为了东荆河，悬念顿生
一口气读完，才能释怀

三

“楚王好细腰，宫中多饿死。”
在“天下第一台”章华台遗址赭红的夯土上
不必惊讶于叙事的宏大与精美
潜江木雕的盛名已不需要更多注解
我们慕名而来，不为建筑，皆因细腰
为了传说中的审美标准
真难为了那些“一饭为节”的臣子
再想想女人，活着够不容易了
还要为了君王欢笑，节食，饿肚，

瘦腰。君王无德，女人何其不幸
得罪女人的人，下场可想而知
吊死楚灵王的不是绳子
是盈盈一握的细腰

“层台累榭”“台高十丈，基广十五丈”
站在繁华落尽的楚国历史上最宏伟的建筑群
遗迹前。历史像开了一个玩笑
当年，楚先民自黄河流域南下
至汉水中游的荆山，筚路蓝缕
夯实了八百年强盛的楚国的基业
不承想，眨眼间如樯橹灰飞烟灭
创业难，守业更难。
煌煌楚国如一梦，凋零成泥转头空
那浑黄厚重的遗址，羞愧无言
它把警世的钟声摊铺在大地上

四

好水出好米，也出好虾
一只小龙虾漂洋过海而来
把家安在潜江万顷碧绿的稻田里
从此，稻花香里不只有蛙鸣，还有虾语
“稻虾共作”，原野上长出红色梦想
养殖，食用，加工，观赏

一只龙虾，爬出一条绿色产业链
为千家万户爬出幸福生活
一只舞螯人立的大虾站在大街小巷
成为“中国龙虾之乡”的形象代言

提起龙虾，不由得想起潜江之上的宜城
这个昔日的楚皇城，虽然过去了几千年
皇城的底气却在，硬生生
把一度泛滥成灾生物入侵的大虾
烹调成一道色香味形俱佳的美食
激活日渐麻木的味蕾
也就仅限于此了。
精明的潜江人
却打开了另一扇门
把一只虾，从餐桌延伸到沟汊纵横的田间
变成了一只会生金蛋蛋的虾

宜城与潜江，一个养殖，一个食用
就像一条汉水，有上中下游
兄弟俩一握手
小龙虾，走南闯北

五

一头连着汉江，一头连着田关河

一头连着清水，一头连着焦渴
一头连着生命，一头连着温饱
全长 38.2 公里的兴隆河
蛇形穿过潜江高石碑镇原野
她走过的地方，净瓶洒甘露
人间青翠，鸟语花香
一尊佛显化于大地

牛年秋天
当我漫步于高大水杉沉默无语的运河河岸
满眼金黄，时光静止，风轻天高
树影、鸟影、云影重重叠叠倒映在水中
一同倒映在水中的还有我们的影子
这些不透明事物的形状
在另一种明亮中显现出黑暗
一条河流，用清澈显影了人世与万物的黑白
内心的波澜与不同的形状
折射了这个复杂世界的不同侧面

六

江汉运河航道，又名引江济汉通航工程
一头连着长江，一头连着汉江
浩荡长江水，自荆州李埠镇而下
经沙洋、潜江，在高石碑镇反哺汉江

全长 67. 23 公里，缩短航程 200 余公里
一条新运河，拉近了长江与汉江的关系
长江与汉江，开始互通有无

站在南水北调引江济汉出水闸大坝上
面向家的方向，右手的汉江壮阔辽远
静若处子。左手，运河延伸至远方
远方，有长江之水急切切赶来
携手同来的还有游鱼与航船
它们顺水而来，都是为了讨生活

此刻，我宛若站在光影变幻的舞台上
一挥手，汉江水涨，奔腾而下
一挥手，汉江水落，长江反哺而上
长江与汉江，俩兄弟
有福同享，有难同当

一道钢铁骨骼打造的人字形船闸
铸就了安如泰山的闸室
一手托举汉江，一手托举长江
一道闸，平衡着两条河流的关系
水平，水平，只有水可以做到平
人很难做到一碗水端平
人字闸开阖之间，两条河流和平相处
自有玄机与奥妙

七

料想先生自己也没有想到
用姓氏“万”字的繁体拆开组成的
“艹”（曹与草字头的草谐音）“禺”二字
若干年后，成为万人景仰的戏剧大师

先生沉思的目光穿透阴暗的天空
他冷眼看着旧世界
他热爱着自己的祖国
为了心心念念家国，心中正积蓄着
一场雷雨。
他行走在黑暗里，身体却发着光
他用身体作烛，秉烛夜行

当我在曹禺纪念馆大厅
看到先生青铜质地的半身雕像
心底波翻浪涌，一轮旭日正跃出海面

“人应当像人一样地活着”
温润的字迹暗含锋芒
过去，很多人忘记了自己是人
因为肩膀软，骨头轻
现在，亦有很多人忘记了自己是人

因为脑袋空，贪名利

一个人，只有像人一样地活着
才算是一个真正活着的人

雷雨、原野、日出、北京人、家
“五大杰作，十个字。”
看到这句评语，突然想到两句俚语：
“秤砣虽小压千金”
“麦秸垛子倒大，压不死个癞蛤蟆。”
先生是在用苦水泡透的人生写戏
他用笔为戏立碑，也为自己立碑
只有紧贴碑身，静心止息，沉潜内里
才能听到他复杂而敏感的心跳
才能听到一条河流奔涌向前的意志

“我从来没有到过潜江……我认为我是潜江人。”
先生一生走得很远，看得更远
即便走得再远，也没有忘记家
“像是一只南来北往的飞鸟”
他把心中的巢安在故乡，这样
心中就永远充满了温暖与光明
他又把这暖与光，带给更多人

八

如果以碧波荡漾的马昌湖作为背景
曹禺大剧院像一只明亮的眼睛
芦洑宝塔安静地挺立着
恰似一只悬胆鼻
那些郁郁葱葱的树
则是眉毛和胡须
这一切，构成了一尊卧着的佛
正像潜江，一条潜藏着的龙
随时准备腾空而去
肚大能容，大佛的肚腹内
每天都在上演悲欢离合，爱恨情仇
看得人前仰后合，泪水沾衣
大佛无语，他早看惯了一切
一切，不过虚妄

作为一名旁观者
看着那些每天进进出出的观众
分不清哪个是演员，哪个是观众

九

汉江与长江一握手

握出了众多湖泊与河流，握出了
大团大团的“水乡园林”
水杉，这种喜水的树木，意外成了
园林的主角。这种高大挺拔的植物
长在潜江的目光所及之地和目光所及之外
构成了水乡园林的魂魄

水杉，这株来自白垩纪的古老植物
用坚硬的骨头挺过了行星撞击地球的灭世
之灾。把地球演变的密码藏在了年轮里
阿来说：1941 年干铎在磨刀溪偶然发现
这种存在一亿多年，却未被命名的新物种
采集枝叶标本，进行植物学命名
如今，这棵世界上年龄最大的水杉已六百余岁
依然像祖辈一样坚挺地活着

人要像水杉一样活着
多年前，父亲在门前栽下一片水杉时说
从那时起，像水杉一样活着
成为我们的家风家训，代代相传。

十

“潜龙，勿用。九四，或跃在渊，无咎。”

天空才是龙的世界
是龙就要飞，潜藏久了，就会忘记
飞翔。就像笼中鸟，过惯了
衣来伸手，饭来张口的日子，即便打开
笼门，也不愿意飞翔

是龙就要飞龙在天
潜龙一旦奋飞
天空，就是翅膀下的一朵云
星空、星系、宇宙、宇宙之外
才是自己的天地

如果从天空向下看一条河流
每条河流，都是一条卧龙、潜龙
长江是，黄河是，汉江亦是
龙潜大地，待时而动
学会等待，忍辱负重，积蓄力量
才能一飞冲天

在潜江，你必须学会隐忍、学会藏锋
等到锥处囊中，其末立见时
乌云已遮不住太阳
语言，已经变得多余

第十七章：孝感天地——湖北孝感市

一

"……于楚，西方则通渠汉水，云梦之野。"

汉水由天门进入汉川后继续抱紧自己
她要用最后的力量完成最后的冲刺

"涢水出蔡阳县，东南过随县西，
又南过江夏安陆县西，又东南入于夏。"
"涢水又南分二水，东通㵐水，西入于沔……"
汉水下游的支流涢水，将云梦一分为二
多了一条腿走路，路才走得更远

还有来自天门的汉北河
汉江，涢水，汉北河，三条河流
在孝感大地上穿针引线
织就一件霓裳羽衣

披在丰腴的躯体上

二

好人有好报。
董永卖身葬父，感天动地
应该有一个花好月圆的结局
不然就不符合传统审美
不然就不符合文人想象
幸亏有一个心肠柔软善良的七仙女
给这个故事画上了圆满句号

徘徊在仙女湖公园，听着黄梅戏软糯的
唱腔。回望半辈子如白开水的人生
多想，在此刻有一个仙女
白日梦里降临
一笑，百媚生；一笑，天地香。

“香九龄，能温席。”
安陆人黄香，在《三字经》里发出一缕
恬淡的香。嗅着这香慢慢长大
骨子里便会开出最美的花

双峰山下哭竹港
有竹枝细拂清风

君若侧耳听，孟宗的哭声盘旋而出
男儿有泪不轻弹，只看为谁弹
雨后生竹笋，泪雨是一场更大的雨
从此，看见竹笋总会想起老家的父母
他们终其一生，都在努力长成一根
不被生活压弯的竹

在孝感大地行走，坚硬的心会越来越柔软
那些被世俗打磨出包浆的躯体会越来越轻
走着走着，便走回了童年
一颗赤子之心初阳般
发出圣洁之光

三

“尧舜之道，孝悌而已矣。”
王阳明说：“孝乃良知。”
沿着汉水在孝感大地行走久了
体内某个角落有植物不断地复苏
她们是兰、芷、杜衡、蕙、杜若、辛夷
——屈原《楚辞》里的各种香草
她们活过来的时候，我嗅到了天地的芬芳

四

“水落鱼梁浅，天寒梦泽深。”
深秋，孟襄阳站在岘山巅上的一句
人生嗟叹
不承想，会让云梦古城闻名天下

“郡滨带江沔，又有云梦薮泽。”
“夏水又东径监利县南……县土卑下泽，
多陂池……径于云杜、沌阳，为云梦之薮矣。”
云梦泽，云梦古城四周的湖泊沼泽
每一个深不见底的黑洞里
都藏着一段波诡云谲的回响
曹操败走华容道只不过其中可见的部分
更多的部分藏在云雾中
因为看不见，更想看见
正如得不到的，更想得到

有河流有湖泊有森林
有粮食有鱼虾有走兽
有了这么多天赐的食物
肚子才不会挨饿
吃饱肚子才会有梦想
有梦想才能心怀天下

云梦，一个让人产生梦想的地方
好梦凭借力，直上九重霄。
这个借力，不是风，而是填饱肚子的
食物

水是云的梦，云是水的梦
云水有梦，山川有梦，人间有梦
因为有梦，世界从此不一样

五

青苍的白兆山既不高，也不险
却因一个人变得高大
这个人，姓李名白，字太白
白兆山的白，李白的白
一个白字，让一人一山，前世今生相连

李青莲站在山巅，站在唐诗的山巅
时而仰天大笑，时而俯视脚下的涢水
涢水蜿蜒入汉江
遥想当年，仗剑出蜀一叶轻舟入襄阳
站在汉江大堤上，一边饮酒，一边弹剑而歌：
“襄王云雨今安在？”

人生不能太清醒，一江春水一江酒

有酒且饮三百杯
可惜当时太年轻，酒量太大，喝不醉
隐居安陆，不过为了贴上一个时尚的标签
目的太明显
——西有诸葛庐，安邦治国是所有文人的梦
可惜生逢盛世
——西有韩荆州，一首干谒诗弄得满身伤痕
无奈只能借酒消愁，举杯邀明月
他把自己醉倒在一座座山川里
醉倒在一条条江水里
剩下几句半醉半醒的诗句
替他高傲地活着

六

“安置陆人”，因名安陆
作为汉水边的一块高地
既有临水之便，又无洪灾之虞
有田有粮，心中不慌——陆自安
陆安，人心安；陆安，天下安

行走在安陆，安步当车最好
步履所到之地，目光所及之处
沃野千里，大地织金
行走在安陆，安步当车最好

时光被一点点拉长，一点点放慢
青砖灰瓦里长出的故事挤满了天空
行走在安陆，安步当车最好
如果有一头驴更好，走在钱冲的沟沟壑壑里
一边饮酒，一边写诗
那漫天的橙黄，是天下最美妙的诗句
摘下一片，枕在头下入梦，足慰平生
摘下一片，提在手中当灯，足以引路

七

安陆白花菜，安陆圆萝卜
从安陆回来，丁丁姐送了一大包土特产
一咸，一甜
咸入肾，甘入脾。
有盐，日渐虚胖的身体就有了力量
有甘，日渐焦虑的日子就多了几分快乐

尽管这些蔬菜已穿肠过肚很多年
却一直嫩生生地长在书桌前
翻开安陆地方志，就有一道地地道道的
家常菜：白花菜炒鸡蛋
喊醒了日渐乏味的味蕾
还有一个圆滚滚水滋滋的萝卜
在地上咕噜噜地滚动着，如儿时推的铁环

日子便跳动起来

八

有水，有米，有丰收
丰收哪能少了酒？
一碗孝感米酒
是对劳动的最大回报
这些用米和汉水酿制的日月精华
是来自大地和天空的馈赠
是来自远古的时间密码

喝一碗甘甜爽口
喝两碗肚饱胃暖
喝三碗双眼微醺
孝感米酒把所有的话藏在水底
只有潜入水下，才会看到一颗
外表坚硬，内心开花的石头

谈到酒总会让人兴奋
谈到酒总会想到诗和女人
翻开一部《全唐诗》，除了酒和女人
只剩下一川烟水一座山
几点悲愁，几句豪言

烟出文章酒出诗。
当年，就因为相信了这句话
开始写诗。可是酒喝了三万六千吨
诗没写成一首
最好的诗，在天上

九

“奸黄陂，滑孝感，又奸又滑是汉川。”
写到孝感，绕不开这句
来自民间的顺口溜
黄陂曾是孝感的一部分，汉川古今亦然
把一顶大帽子扣在一方水土上
黑暗中的行走似乎才得以坦然
嘲讽的背后，是辛酸，更是无奈
都是为了有一口饭吃

靠山吃山，靠水吃水
孝感，一头靠武汉，一头靠汉水
一肩挑两头，也挑商品
把孝感麻糖、孝感米酒、安陆萝卜和白花菜
挑到武汉，挑到天下
换回柴米油盐酱醋茶

门缝里看人，更看商人

士农工商。历史上，商人一直被人轻看
人分三六九等，三教九流五行八作
最好是当官。其次读书，修身齐家治国
平天下，平不了天下也要在书中平
至少也要当个医生，实在不行了再来种地
经商则被人瞧不起：
“卑之曰‘市井’，贱之曰‘市侩’，
不得与士大夫为伍。”
于是，走南闯北的商人只得偷偷地在
历史的夹缝中，喘口气

“在家千日好，出门一时难。”
如果有好地可种，有好日子可过，谁愿意
出门奔波呢？

一句顺口溜的背后，隐藏着
人性的阴险与丑陋
历史中被遮蔽的部分

第十八章：沔水仙乡——湖北仙桃市

一

汉水走过仙桃，走过她滋养的仙乡
就闻到长江的涛声了，就闻到汽笛声了
有白云黄鹤，有芳草萋萋，有江豚跳跃
她急切切地加快步伐
像夕阳下归家的老牛
——那是自己的窝嘛

二

“沔彼流水，其流汤汤。”
仙桃，古称沔阳
“沔阳县，因郡治在沔水之北而得名。”
梁天监二年，始置沔阳郡设沔阳县
一眨眼，1500 多年历史沉入江底
化为这座小城最厚重的底蕴

长江与汉江缠缠绵绵
孕育出了江汉平原，养育了沔阳儿女
也养育了众多鱼虾
更养育了以苦作乐的精神原乡
沔阳民歌、沔阳花鼓戏、沔阳皮影戏、沔阳渔鼓
每一曲高低起伏的调门里
都是月下波涛起伏的咏叹
都是艰辛生活的自我调剂

三

仙桃——
车到仙桃地界
心情突然比乌云沉重，因为想到这个名字
就觉得这座城市离汉水远了三分
离生活的源头远了三分
喊出这个名字时，我就觉得它开始陌生
骨子里，我更喜欢它过去的名字
——沔阳
仿佛，喊出沔阳这两个字
我和它就有了血缘关系，就成了兄弟
兄弟遍天下，这样，每到一个地方
都可以大醉一场

四

“这是襄水，是从襄阳流过来的水！”
在仙桃问路，一位当地人操持方言说
他这么说的时候
我听到了百灵鸟声从胸腔里飞出来
听到了汉水游鱼跳出水面的声音
我们这群来自襄阳的寻访者
突然与仙桃就有了亲切感
仿佛我们这些娘家人
来看远嫁他乡的女儿

五

站在干巴巴的襄水边
诗人的情绪突然拐了几道弯——
“没想到我们的汉江成了这个样，好心疼！”
作为娘家人，看到自家孩子瘦得不成样子
香袭书卷发出感慨
作为娘家人，我们体内的母性突然疯长
艾子说：“汉水一段段截流，
就像抽出了自己身体里的血液。”
赵发枝说：“汉水是我们的，咋嫁给别人了？”

当一条江变成了“我们的江”
汉江，早已不再是汉江
她成了我们最亲的家人
她委屈我们也委屈，她高兴我们也高兴
她把话藏在心里不敢说出来
我们替她喊出来时，连风都停了一阵
喊出这句话时，我们轻松了许多
就像江边青泥上那株老柳树
用根抓住泥沙时
就抓住了一条江——襄江

六

“长太息以掩涕兮！”
当我们这群蚂蚁，站在仙桃汉江大桥下
站在泥土混合的青沙上
眼睁睁地看着暮色一点点降临
把干瘪的汉江
再一点点削薄
只能发出一声声无力的喟叹

几个正在游泳的男人
正在江水里来来回回地折腾
因为太窄，他们不得不在一个澡盆里
反复转身，就像关在笼子中的鸟

发出扑棱棱的哀鸣

看到这紧张惶惑的一幕
夜色，加速了它的降落
它要赶紧躲进大山背后

七

河对岸——天门
“天门中断楚江开”。虽然我知道彼天门
非此天门，但此时，和天门近在咫尺
却不得入。
新冠肺炎疫情，中断了天门大桥
让我们可望而不可入
转身的那一瞬，我在心底默默祈祷
期待来年：天门大开，笑迎天下客

八

陈友谅算得上是沔阳最牛的人了
这个渔民的后代
在汉水边摸爬滚打练就一身好武艺
也练就了一世英名，一世霸气，一世狡气

陈友谅纪念馆像一只抱着膀子的雄鹰

我们的到来，让它睁开了一度失神的眼
我听到，有欢快的声音从地底轰鸣而上
就像当年，他坐在龙椅上的那声大笑

“不平人杀不平者，杀尽不平方太平。”
这句高悬的对联，如战车碾过平原
杀气腾腾。以杀止杀
那些滴血的文字，穿过无尽的岁月
准确击中了我的后背
冷汗淋漓

以杀止杀，如果忘记为什么出发
终将被另一场杀戮取代
就像当年，逃到九宫山脚下的李闯王
一把铲子，没有铲平天下，却被人铲
历史，很多时候都是血淋淋的

当一场场暴雨冲刷掉血迹与污垢
那些沉默的土地早已见证了一切

九

陈友谅身体里住着两个人：
一个是满腔热血敢打敢拼的草莽英雄
一个是狡黠油滑在水边长大的小农民

一边冲锋在前，一边算计在心
一会儿为民做主，一会儿称王称帝

终究是格局小了，龙椅没有坐热
败给了比自己弱小的朱元璋
他其实败给了他自己
终究是书读得少了！
兵败鄱阳湖边也算死得其所
如果他早早弄明白了水的哲学
天下，也许，就真的是
他的天下了

十

在仙桃，最诱惑人心的不是鲜桃
桃之夭夭，桃之灼灼，盛开在《诗经》里

在仙桃，最诱惑人心的是热气腾腾的蒸菜
沔阳三蒸，蒸鱼蒸肉蒸蔬菜
每一道冒着热气的食物
都浸满了人间烟火，保留了
食物最原始的部分
内里，是一江沸腾如油的水

一滴水，沸腾起来

足以慰平生

十一

“一年雨水鱼当粮，螺虾蚌蛤填肚肠。”
天无绝人之路。水边长大的女人自有
慧眼。张凤道在泛滥的汉水中
看到了鱼虾螺蚌，看到了野菜青青
巧手调以颜色，米粉调以天香
在热气腾腾的香雾中
沔阳三蒸落地开花
喂饱了饥饿的岁月

“义军将士湖中藏，宁可挨饿不征粮。
戽鱼挖藕摘野菜，且把三蒸当军粮。”
赢得了肚子，就赢得了民心
赢得了民心，就赢得了天下
张凤道意外地以一种食物的方式
帮助丈夫陈友谅，赢得了一方天下

天下是别人的天下，食物才是自己的
沔阳三蒸，就这样走进了千家万户
走进了水乡深深的梦中
至今尝一口，余香不绝

故乡的食物，母亲的食物
永远是游子最销魂的牵挂

十二

站在汚街雕梁画栋的城门楼下
一种孤单、无助与恐惧再次袭来
无征兆的暗夜般降临，让我浑身战栗
沿着汉水行走，神经愈发脆弱
那些被拆掉的，被淹没的，被损毁的，被盗掘的
历史的印迹，被一点点抹去
就像那碑上漫漶湮灭的文字
一点点地沉入江水最深处

站在这重修的城门洞前
我往阳光下靠了靠
似乎这样，身体里的孤单与冰凉
就会被蒸发掉

第十九章：收官汉口——湖北武汉市

一

“沔彼流水，朝宗于海。”
汉水打一出生
就树立了远行的志向：
是雄鹰就要在天上飞翔
是河流就要向大海飞翔

大海是水的家
白云是黄鹤的家
故乡的小山村是我的家
不管家再远，走得再远
我们终将还归故乡
哪怕化成一抔黄土
也要回到最初出发的地方

汤汤汉水

挟风雷而来，挟三千里明月而来
看到长江，就像看到渴望已久的家
迫不及待地从龟山之南扑入
溅起层层叠叠的笑声
因为太高兴，她的刀
太快，把一块地切成双城对峙
却月城，夏口城，站在历史的深处
先是怒目而视，然后，在千年的时光中
一点点柔软

二

“惟精惟一”，三千里奔走
就是为了最后一刻，她突然加速
百米冲刺，一头撞开龟山的阻拦
从此，一水分两镇：汉阳、汉口
汉水之北，曰汉阳；汉水出口，曰汉口。
多了两镇，就像多了两个兄弟
骨子里便多了几分气势
更多了几个码头
拔高了几分声调
她与长江分割的武昌——
以武治国而昌，曰武昌。三足鼎立
再次放大一路涵养的三国文化
也因为有了汉水，三镇合称武汉

三

汉水、长江——
汉江，从命名的那一刻开始时就注定
此生要与长江发生纠缠
就像 DNA 的双螺旋，相互缠绕
才能构建“生命之谜”

汉水入长江，是开头也是结尾
是归宿更是出发
也因了汉水入江
大武汉才由此拉开九省通衢的骨架
“东连苏皖，西接川陕，南临湘粤，北抵豫冀”
四处伸展血管，润泽肌肉皮肤
成为中国版图中最溜光水滑的部分

四

时间是最大的变数
不仅能改朝换代，还能沧海变桑田
更能让一粒泥沙改变河道
五百年前，一粒粒淤积的泥沙让汉江
受尽委屈后，揉了揉肚子
从龟山南绕道龟山北

从此，汉阳变汉阴。

一南一北，不止是河道变迁
一阴一阳，不止是易经玄学
看见汉水改道，就看见天地宇宙
地震火山。人与自然。星辰银河。

水是有记忆的，她的委屈憋久了就有了火
她一发火，天地变色
“大水冲了龙王庙”，还冲毁了
那些自以为是的“人定胜天”
她亮出了自己的刀
这把平时一直藏着的刀
用来平自己心中不平之气
刀，不出则已，一旦出鞘
刀过处，山河断
刀过处，人呜咽

五

当我站在龙王庙江滩坚固的大理石上
看着远处从秦岭巴山深处出发
游弋而来的蓝色巨龙
她用自己的清澈洗涤浑黄的长江
她一边消解，一边融合

她用自己的身体完成了她宏大的誓言
看到这一幕，这让人心疼的一幕
看到她从早到晚，从晚到早，不眠不休而来
我这个来自汉水中游的孩子
直想扑入她宽阔温暖的怀抱
再饮三百杯，以此来送别
只有这样才可以抚平我半生的不安

站在高高的堤岸上。与她近在咫尺
奈何不得游，我这只水边长大的“旱鸭子”
只能眼巴巴地望着远处自龟山下水的泳者
如一尾尾鱼戏浪而来
其实，徒有羡鱼情也挺好
因为距离，才能保持足够的敬畏
举头三尺有神明，水才是生活中最高的神
虽然她早已和我融为一体
我还是要时常把她从身体中抽出来
让自己保持足够的清醒

六

“灯火千帆竞，楼台万井烟。”
也因了汉水与长江交汇
两条水系的枝枝丫丫在大地上生长
把那些沟沟汊汊，江河湖海的船接引而来

在这里接头、密语，各取所需
有了水，就有了交换，就有了人烟
就有了大武汉喧闹的根基
南来北往的习俗与方言
东行西走的商品与信息
在码头边碰得火花飞溅
一吆喝，就是南腔北调
一张口，就是童叟无欺

你来我往的交流、碰撞、融合
随风潜入夜，慢慢渗进身体与血液
最终，成为一种本能与反射
不信你听，硬邦邦的汉腔汉调
像一把弹子在街巷中滚来滚去
一不小心，就会把天空弹个窟窿

只有夜幕四合，虫声风声鼾声四起时
藏在江底的乡愁才会一点点浮上来
随着波浪平平仄仄
在那一豆起起伏伏的灯火下
把空气洇染得酸酸甜甜

七

“紧走慢走，三天走不出大汉口；

紧说慢说，三天说不完汉正街。”
汉正街——汉口之正街
无疑是其中最鲜明的一个腔调
那些穿行于街巷中的“扁担”
和那些高亢喧闹的叫卖声
被定格在时代的浪潮中
一度成为汉派文化的流行底色
烙上了码头文化的标签

楚河汉街，无疑是浓缩的汉水风情
浩荡的大汉长风一路吹来
武汉骨子里的汉腔汉调汉味更浓郁
为了看得见摸得着她的根系——
一条小街在小河边延展自己宏大的想象
虽然只剪取了汉水的片段基因
足慰汉家风骨

还有更多的巷子，更多的“扁担”
藏在三镇的角角落落
这些小巷，这些商品
串连起城市和老百姓的日常
在一碗热干面里香气腾腾
弥散在水墨的上空
水天一色，天地一色
人间也是天上，天上也是人间

它们在一条河流里看见了对方

八

沿汉十高速自府河而下进入武汉
路过盘龙城
一种来自血脉上游的亲近感突然生发
这座3500年前的商代早期古城
龙盘于汉水北岸，汉水支流的府河之畔
外城内宫，前朝后寝，8万平方米的古城址
让我们得以窥见历史幽深的一角

经汉水北至中原商朝帝都
经长江南至锦绣河山
一南一北，一来一往
冷暖气流交汇，落下一方甘霖
再次诠释了“择水而居”的生存之道
迸射出汉水文明初生的星芒

九

龟蛇锁大江，也锁住了汉水
一只不动如山的龟，一座不动如龟的山
让大江安澜，汉水安澜，四海安澜

清晨，和几位诗人登顶龟山
一江东流去，一江北流去
两条江在阳光下闪闪发光
她们在山脚下拥抱着入眠
偶尔，一声汽笛惊飞了一群苍鹭
翅膀带动的风划破这安静祥和的画面
就像跳起的游鱼落入水中溅起的浪花
旋归平静

此刻，有诗和歌正在草叶上萌动
我把它们按在了心底深处
为了不带起另一阵风
此刻，安静最好
此刻，听涛最好

十

一夫当关，万夫莫开。在铁门关
金钩银画下，铁马冰河声呼啸而来
狼烟烽火腾空而起
弹剑壮歌排空而来
三国的尔虞我诈踏浪而至
多亏了一座山，龟山
多亏了两条江，汉江长江
山险，水更险，两道天险

挡住滚滚而来的箭矢与涂炭
让众多蚂蚁
在历史的缝隙里得以喘息

十一

“晴川历历汉阳树”
穿过唐诗的风云，总以为有一棵树
叫“汉阳树”

在汉阳区凤凰巷
一棵530多年的银杏树，孤独地站着
站成唐诗中一道意境辽远的风景
作为武汉市区最古老的树被人民命名
——汉阳树
弥补了一棵树对于读者的苍白想象
也算是不辱使命，也算是众望所归
她比躺在江水中的鹦鹉洲更幸运

站着，才能让人仰望

十二

站在黄鹤楼上，所有的表达都是那么
苍白，无力，乃至羞愧

不必说崔颢的诗，不必说李白的诗
也不必说那么多慕名而来的诗人
他们站在风中，他们站在傍晚的秋风中
一边赏秋水，一边思远乡
一边饮浊酒，一边挥巨毫
把一座楼，里里外外塞满了诗词
敲击一下，就有平平仄仄的意韵
和着流水，绵绵不绝

此刻，不敢高声吟，更不敢写，只能放眼
远处，有长江奔流而来
远处，有汉水奔流而来
更远处，有“吾爱孟夫子”的景仰奔流而来
一同奔流而来的，还有我
和一群群小麻雀与沙丁鱼群
只为了啄起沉在水底的一根：
羽毛

十三

“清风明月本无价，流水高山自多情。”
寻踪汉水奔腾的足迹，肯定少不了古琴台
这么多年的叩拜，不敢说我是汉水的
知音，起码也能算是红颜知己
喝着汉水长大，我要用歌声作回报

我要用微小的声音
歌唱一条河流的宏大与深沉
哪怕有一只武昌鱼，或者一只青蛙听到
也是值得的

当我用四年多的时间沿着汉水洗净肉身
轻轻叩开古琴台斑驳的大门时
流水般的琴音穿过光的影子安抚我
多年来狂跳不安的心脏
琴声似水，水声似琴
世界安静下来
我如一片叶子落在高山上的一块岩石上
有人伐木丁丁，有人烂柯棋歌
有人荡舟夜笛，有人枫桥夜泊
有人雪中寻故人，有人白云生处访客
这些画面踏浪而来
让我分不清自我他我还是非我
我只想就这么空下去
空出一段流水，洗空我的一生
这样我的内心就能装下白云
装下天空，装下一朵盛开的莲

当焦桐碰撞在巨石上粉碎的绝响
惊醒白日梦的我，才发现琴声停
风声止，水流无

只有一棵古旧的树木站在那里悟道
它正陷入自己漫天的悲伤中
它要用自己的沉睡抵抗这巨大的虚无

此刻，我这个寻觅知音的后来者
只想在此长成一棵树
听琴，听鸟，听水，听云，听风
偶尔，为一只过路的小鸟提供
一枝可栖。
此生已无憾

十四

在汉阳奔走，有一个语词永远跑在前面
——汉阳造
我走，它也走；我不走，它还在走
它呼啸而过时
黑沉沉的夜被洞穿
汉阳造，心里攒着一团火，为羸弱的民族
注入了一股铁质
它经过的地方，热血涌动光明显现
就像南昌起义打响的第一枪
那是“汉阳造”胸膛里发出的怒吼

十五

行走在叶开泰中医药文化园
穿过曲曲折折的徽派文化回廊
国医堂、博物馆、秘药局、产品展示区……
一字排开，接受检阅
公元 1637 年始创时的那味药
在膏汤丸散里发散着氤氲香气
药是陈的香。
这缕陈香，中和着旧的酸气、新的浮气
穿肠过肚后，只剩下
平和中正

多亏了这味药，
一度多病体弱的躯体得以强壮；
多亏了另一味药，
一度漫长的黑夜被埋进了大山。

马应龙眼霜、龙牡壮骨冲剂、虎骨追风酒……
这些一度火爆的药品在玻璃柜中
袅袅地发散着旧日的气息
这让我想起了：红桃 K、汉派服装、大桥鸡精
周黑鸭、蔡林记热干面……
如果一直罗列下去，可以占满电脑内存

这些一度风行天下的产品
是另一种“汉阳造”

如今，“汉阳造”的基因已经融入这座城市的
内里。它们共同抬高夯实了地基
撑起了一座城市快速奔跑的底气

十六

夕阳西下，我要离开汉阳了
我要返回我的家乡——襄阳
这让我依依不舍，仿佛一离开
汉水就会腾空而去
我知道这些都是假设
是来自一个诗人的修辞与叙事的需要
但那些经年发酵的情绪却是真的
那是我经年与汉水相依相偎埋下的种子
在此刻，破土而出
她终将长成一条河流的形状
扎根在我心上
漫过生命的每一个瞬间
只有这样，方不负江河万古流
方不负一条河流的行走与启示

终章：河流还在一路向前

“彼遂直由诸水取出一真体（原人）而形成之”
“神的灵行在水面上”……
人起源于水，又靠水活着
作为一个生活在汉江边上的人
让我突然有了寻找一条河流源头的冲动
寻找一条河流的源头，就是寻找文明的源头
就是寻找一个地方的文化根脉
就是寻找一座城市的基因与谱系
找着找着就变成了寻找自己
寻找一度迷失的本我

从秦岭巴山山脉深处出发
一路向东向南而下
每过一段时间，身子就往下伏一部分
越接近长江，接近大海
身子越矮
就像阿来与喇嘛的对话：山是一个一个的阶梯

河流也有阶梯
顺流而下，逐渐下降；逆流而上，逐渐上升
一升一降，是河流的哲学与禅意
我也在这一升一降中
完成了自身的救赎与辨认

沿着一条河流行走久了
就有了感情，就有了表达的欲望
就有了寻章摘句、著书立传的冲动
因为，一条河流经过的地方都是她的子孙
她哺乳喂养过的生灵，无论植物还是动物
都有回望与跪拜的本能
不止是乌鸦和羊羔

尽管我的脚步沿着汉江源一路走到了汉口
又沿着她的支流唐白河走到了南阳洛阳
还走过更多支流流过的地方
但我微小的脚步实在无法测量她的长度与深度
因为，她的脚步一直在向前
还在向着远方，向着浩渺的大海与高远的蓝天奔走
而我的脚步却时时胆怯，畏惧，犹豫，徘徊
经常迷失方向
是永不停息的汉水给予了源源不断的启示
让我人到中年时，才学会行走
才学会回望，才学会停顿

走汉水，为我打开了人生的另一个出口
这个出口和河流一道行走，一道奔腾
一道高兴，一道忧伤，一道成长

是的，成长是一生的事情

人生总是充满着意外和变数
河流却有着恒定的路径和方向
和一条河流相遇，相知，相爱
我学会了仰望星辰大海，仰望宇宙银河
我学会了俯察河底泥沙，俯察游鱼水草
河流，是最好的伙伴和导师
这让我更有信心作为一个卑微的追随者
继续一路前行
奔向恒定的或未知的未来

2023 年 8 月 7 日